Sonya
ソーニャ文庫

背徳騎士の深愛

なかゆんきなこ

JN151206

イースト・プレス

contents

プロローグ 005

第一章 嵐の夜に 023

第二章 夫の裏切り 052

第三章 愛人と隠し子 076

第四章 絶望の淵で 097

第五章 刹那の慰め 138

第六章 溺れる身体、移りゆく心 172

第七章 新たな約束を、あなたと 190

第八章 幽霊の来訪 235

第九章 決着の時 267

エピローグ 300

あとがき 308

プロローグ

「レティーシャさま、レティーシャさま」

街のそこかしこで、黄色や紅《くれない》に染まった枯れ葉が舞い踊るころ。王都の片隅にある小さな教会の厨房《ちゅうぼう》でパンを切り分けていた齢《よわい》十六のレティーシャ・オルコットは、あどけない子どもの声に呼ばれ、作業の手を止めた。

「アリス？」

動きやすさを重視した質素なドレスの上にエプロンを纏《まと》った彼女が振り返ると、緩く三つ編みにして背に流した淡い金色の髪がふわりと揺れる。穏やかな光を湛《たた》えるレティーシャの菫《すみれ》色の瞳の先では、四歳ほどの少女が厨房の入り口からこちらを覗き込み、小さな手を動かして手招きをしていた。

「ちょっとごめんなさいね」

レティーシャは厨房で共に作業をしていた教会の下働きや自分付きの侍女達に断りを入れ、その少女のもとに歩み寄る。

「どうしたの？　アリス。お庭のお掃除はもう終わったのかしら」

レティーシャがアリスと呼んだ子どもはこの教会で生活する孤児の少女で、今の時間は他の子ども達と一緒に庭の落ち葉掃《は》きをしていたはず。それを終えてご褒美《ほうび》のお菓子を受け取りにきたのかと思いきや、アリスはふるふると首を横に振った。

「ううん、ちがう。レティーシャさま、こっちきて。たいへんなの」

「大変？　いったい何があったの？」

「んー……？　わかんない。トムが、たいへんだからレティーシャさまをよんできてって」

トムというのはこの教会で暮らす孤児達の最年長――九歳の少年で、孤児達のリーダー格である。アリスはそのトムに頼まれて、レティーシャを呼びにきたようだ。

レティーシャはアリスと共に、他の子ども達が待っているという教会の裏手、庭と呼ぶにはささやかな猫の額《ひたい》ほどの裏庭に向かった。ここには大きな楢《なら》の木が一本だけ植わっており、秋になると大量の葉を落とす。それを掃き集めるのは、子ども達の大切な仕事だった。

「あ、レティーシャ様！」

「こっち、こっちだよ！」

落ち葉掃き用の箒《ほうき》を手にした子ども達が、レティーシャ達の姿に気づくなり大きく手を振る。最年長のトムと、七歳の少年アラン。そしてアリスを加えた三人が、今この聖ロザリンド教会で暮らしている孤児達だ。

「トム、アラン。いったい何があったの？」

「怪我人がいるんだ！」

レティーシャの質問に、アランが鼻息荒く答える。

なんでも落ち葉掃きの作業中、裏路地の方からうめき声が聞こえてきたので様子を見に行ったら、そこに怪我人が倒れていたらしい。

「ガンスじいさんに知らせたんだけど、放っておけって言われちゃって。でも、苦しそうだし……。レティーシャ様なら、助けてくれるでしょう？」

続いてそう答えたのはトム。ガンスじいさんというのは聖ロザリンド教会の下働きの老人で、少々気難しい人だ。

レティーシャはガンスの苦み走った顰《しか》め面を思い出し、苦笑する。あの老人なら確かに、どこぞの怪我人など放っておけと言うだろう。

「わかったわ。それで、その怪我人はどこにいるの？」

「こっちだよ！」

「血まみれなんだ！　急いで！」

トムとアランに両手を引かれ、レティーシャは教会の裏手に連れていかれた。

裏庭にある壊れかけの鉄門を開くと、寂れた路地に繋がる。その路地の片隅に、教会の敷地を囲むレンガの壁に背を預けるようにして座り込む人影があった。

「あの人だよ！」

レティーシャは、子ども達と一緒にその人物のもとへ駆け寄る。

（まあ……大変！）

その人物の有様は、思っていた以上に酷かった。まだ若い男性のようだが、服はあちこち擦り切れていて、血と泥で汚れている。

土埃にまみれた黒髪はぼさぼさで、殴られた痕《あと》のある顔は痩《や》せこけていた。前髪で隠れた額辺りに傷があるのか、そこから血が垂《た》れて顎からシャツに伝い、ただでさえ薄汚れたシャツをさらに血で濡らしている。

「大丈夫ですか？」

「う……っ」

レティーシャが男の傍に膝をついて声をかけると、きつく閉じられていた瞼《まぶた》がゆっくりと開かれた。

荒《すさ》んだ風体《ふうてい》に反して、意外なほど澄んだ蒼色の瞳が彼女の姿を捉える。

（あ……っ）

身体はぼろぼろで弱りきっているというのに、こちらをジッと見つめる眼光は鋭く、力に満ちていて、まるで野生の獣《けもの》の相手をしているような気にさせられた。

「…………」

何故だろう。不思議と目が離せない。この蒼い瞳に惹《ひ》きつけられたかのように、レティーシャはしばし、手負いの獣に似た目の前の男に見入ってしまった。

「……あんた……は……」

男の唇から、乾いた声が響く。

レティーシャははっと我に返り、慌てて口を開いた。

「ご、ごめんなさい。すぐそこの教会に薬が揃《そろ》っているから、そこで手当てをしましょう。一人で歩け……そうもないわね」

歩けるようなら肩を貸して連れていくこともできただろうが、歩くどころか立ち上がることすら辛そうな様子だ。

かといって、レティーシャと子ども達だけでこの男を教会に運ぶことはできないだろう。

「トム、男の人達を呼んできてくれる？　彼を教会に運んでもらいましょう。アランは、神父様に事情をお話しして彼が休めるベッドを用意してもらってきて。私からの指示だと言えば、ガンスも反対はしないでしょう」

「わかった！」

「すぐ呼んでくる！」

レティーシャがそうお願いすると、少年達はすぐさま教会の方へ駆けていった。

アリスと共にこの場に残ったレティーシャは、再び男と向き合う。

男は、不快げに右目を細めていた。額から流れる血が目に入りそうで疎《うと》ましいのだろう。血を拭《ぬぐ》おうと右手を持ち上げようとするものの力が入らないらしく、結果、どうすることもできないでいる。

それに気づいたレティーシャは、エプロンのポケットからハンカチを取り出し、男の血を拭おうとした。

「やめっ……くっ……」

「だ、大丈夫!?」

だが、男がレティーシャの手を避けるようにのけぞったために、彼は自分の頭をガツンと、思いきり壁にぶつけてしまう。

盛大に顔を顰めて痛みを堪えながら、彼は苦々しげに言葉を紡《つむ》いだ。

「……やめろ。あんたの綺麗なハンカチが、汚れてしまう」

「え……?」

確かに、レティーシャが持っていたのは、庶民が所有するには上等すぎる純白のハンカチだった。華美ではないものの、縁取りにはさりげなくレースが使われ、彼女のイニシャルが刺繍《ししゅう》されている。

「あんた、貴族だろ。俺なんかに構うな。放っておいてくれ」

「………」

男の言う通り、レティーシャは貴族だ。他国との貿易で財を成した子爵家の三女で、父親が寄進を続けている縁から自身も聖ロザリンド教会に通い、子ども達の世話や貧しい人々への喜捨《きしゃ》、炊き出しの手伝いなどをしている。

先ほどレティーシャが「自分の指示だと言えばガンスも反対しない」と言ったのも、彼女の身分が貴族階級で、かつ聖ロザリンド教会にとって大切な支援者の娘だからだ。

裕福な貴族の娘がどうして自分なんかを助けようとするのかわからない。

言葉にこそしなくても、男の目が、表情が、レティーシャに対する猜疑《さいぎ》心を露《あら》わにしていた。

世の中には、少しでも多くの施しを受けようと富者に媚《こ》びる者もいれば、貴族や金持ちの施しなど受けたくないとつっぱねる者もいる。目の前の男は後者なのかもしれない。あるいは、何か裏があるのではと疑っているのやも。

「……私は確かに貴族の娘だけれど、だからってあなたを放ってはおけないわ」

レティーシャは男の警戒心を逆撫でしないよう、努めて穏やかに話しかけた。

「何故……」

「何故、かしらね」

これまでも、こんな疑問を投げかけられることはあった。

教会や救貧院に寄付をする貴族は多いけれど、自ら率先して立ち働き、平民と触れ合おうとする貴族——まして若い令嬢は少ない。

そのため、聖ロザリンド教会に通い始めたばかりのころはどこか遠巻きにされていたし、今のこの男のように猜疑心に満ちた視線を向けられたこともあった。

偽善者と、陰で謗《そし》られたことも一度や二度ではない。時には面と向かって嫌みを言われたことだってあった。

「自分でも、はっきりとした理由があるわけではないの。ただ、目の前で困っている人を放っておけない。自分にできることがあるなら、してあげたいと思う。それだけのことよ」

始まりは、慈善活動家としてチャリティー・サークルを主宰する叔母の手伝いをしたことだった。オルコット家と同格の子爵家に嫁いだ叔母は、下級貴族のご婦人方とあちこちの教会に寄付をしたり、親のいない子ども達に服やお菓子を贈ったり、里親の紹介や職の斡旋《あっせん》をしたりと、様々な慈善活動を行っている。

貧しい人々のために行動する叔母達の姿はとても輝いて見え、レティーシャは幼心に強く憧れを抱いた。そしていつしか、自分も叔母達のように人々の助けになりたいと考えるようになったのだ。

世の中を良くしたいとか、大勢の人々を救いたいとか、崇高《すうこう》な志があるわけではない。ただ自分がそうしたいと思うから、そうする。自己満足ともとれるその行動は、『偽善』と言われれば確かにそうなのかもしれない。

そう思い至ったレティーシャは苦笑して、言葉を続けた。

「少なくとも、あなたの弱みに付け込んでどうこうしようなんて考えは持っていないから、安心してちょうだい」

それから改めて、ハンカチで男の血を拭う。

「…………っ」

男は躊躇《ためら》う素振りを見せつつも、もう抵抗はしなかった。

もっとも、身体が思うように動かなくて、できなかっただけなのかもしれないが。

「酷い傷だわ。とても痛いでしょうね……」

彼の前髪をそっと掻き上げれば、右の眉の上に引き裂かれたような深い傷があり、そこから血が流れていた。レティーシャの白いハンカチや彼女の指先も、あっという間に赤く染まる。

けれどレティーシャはそれを厭《いと》わず丁寧に汚れを拭うと、血を止めるべくハンカチを傷に押し当て、まじないの言葉を口にした。

「『治れ、治れ、トカゲの尻尾。もし今日治らないなら明日治れ』」

この国に古くから伝わる快癒のおまじないだ。トカゲの尻尾が切れてもまた生えてくることにあやかって唱えられるようになったのだと伝えられている。レティーシャも幼いころ、よく母親にこのおまじないをかけてもらったものだ。

母の優しい声でこの言葉を囁《ささや》かれると無性に安心して、どんな痛みもすぐに消えると信じられた。

だからつい、レティーシャもおまじないを唱えたのだが――

「…………」

男は驚いた顔でレティーシャを見ていた。

（あっ……）

成人男性相手にこんなおまじないをするなんて子どもっぽすぎただろうかと、レティーシャは頬を赤らめる。

「ご、ごめんなさい。私ったら」

「いや……。子どものころ、俺の母もよくそのおまじないを唱えてくれた。……ありがとう」

男はどこか照れくさそうに目を伏せると、それきり押し黙る。

けれど、彼が警戒心を和らげてくれたような気がして、レティーシャは嬉しかった。

「レティーシャ様！　連れてきたよ～！」

その時、バタバタと駆けてくる足音がして、ガンスともう一人の下働きの男を連れたトムが戻ってきた。

「ありがとう、トム。ガンスも、来てくれてありがとう。それで、彼を教会の部屋に運んでほしいのだけれど……」

レティーシャは男の額にハンカチを置いて立ち上がり、渋面を浮かべているガンスにお願いした。

「レティーシャお嬢様。この男は、最近この辺りに流れてきた荒くれ者ですぜ。どうせつまらない喧嘩《けんか》で傷を負ったんでしょう。関わらない方がいい」

ガンスは小声でレティーシャに忠告する。といっても、彼は元々声が大きいので潜めていても周りに聞こえてしまうほどだったが。

確かに、男の身形《みなり》はお世辞にも良いとは言えず、素直に助けを求めなかったことからも、

脛《すね》に傷を持つ身であるのだろうことは察せられた。

しかしだからといって、目の前で傷つき弱っている人間を放ってはおけないし、先ほど母の思い出を語り、照れくさそうに礼を言った男が心底悪い人間だとは思えなかった。

「何かあったら、私が責任をとります。だからお願い、彼を助けてあげて」

「……まったく。お人好しも大概にしないと、いつか痛い目を見ますぜ」

レティーシャが真摯に頼み込むと、ガンスは渋々了解し、もう一人の下働きの男と協力して怪我人の彼を教会の一室に運んでくれた。

さらに「このままではシーツが汚れちまう」と文句を言いながらではあったが、男の服を脱がして血や泥の汚れを拭《ふ》き清め、神父が傷の手当てをしてやるのを手伝い、清潔な衣服に着替えさせてからベッドに寝かせてくれたのだった。

レティーシャも手伝いたかったが、手は足りていると断られたため、厨房の手伝いに戻ることにした。

聖ロザリンド教会では週に一度、貧しい人々にパンとチーズ、そしてワインを配ることになっている。さらにこの日は大量の麦粥《むぎがゆ》を煮て、訪れた人々に温かな食事を振る舞うので、厨房は大忙しだった。

女達は小麦粉を捏《こ》ね、次々とパンを焼き、切り分けていく。

竈《かまど》では、大鍋の中で麦粥がぐつぐつと煮えていた。

厨房で作業する女達の輪に戻ったレティーシャは、自分付きの侍女達から何があったのかと尋ねられ、怪我をして倒れていた男のことを話す。

すると侍女達だけでなく、下働きの女達からも「レティーシャ様は本当にお人好しなんですから」と呆れられてしまったが、彼女達の表情にはレティーシャに対する親しみが感じられた。

通い始めたばかりのころは、お金持ちの貴族のご令嬢ということで一線を引かれていたけれど、今ではだいぶ打ち解けている。それに、ここでなら子爵家の侍女達も気さくに話してくれるので、レティーシャはオルコットの屋敷にいるより、教会で過ごす方が好きだった。

「レティーシャ様、あのお兄さんの手当て終わったよ！」

厨房で女達とのおしゃべりに興じながら作業をしていたら、三人の子ども達が飛び込んできた。どうやら裏庭の掃き掃除を終わらせたあと、手当てを受ける男の様子を見に行っていたらしい。

「命に別条はないって、神父様がおっしゃってたよ」

「もうだいじょうぶだって～」

「そう、よかったわ」

レティーシャがほっと胸を撫で下ろすと、話を聞いていた下働きの女達が「その怪我人に食べさせるといいですよ」と言って、一人分の麦粥とワインを取り分け、レティーシャに持たせてくれた。

レティーシャとしても男の様子が気になっていたので、ありがたく食事の載ったトレイを受け取り、子ども達と共に男が寝かされている部屋へと向かう。そこは、宿に困った旅人に一夜の寝床を提供するための、小さな客室だった。

コンコンと扉をノックしてから、中に入る。室内にはもう神父やガンス達の姿はなく、一つだけある簡素なベッドの上に男が一人寝かされていた。

「食事を持ってきたのだけれど、食べられそう？」

サイドテーブルにトレイを置き、レティーシャはベッドの傍にあった椅子に腰かける。

綺麗に拭き清められた彼の身体にはあちこち湿布《しっぷ》や包帯が巻かれていて痛々しかったが、顔色は先ほどよりも幾分良くなっているように見えた。

男はレティーシャと、彼女が置いたトレイに視線を向け、「食える」と頷《うなず》く。湯気と共に立ち昇る麦粥の匂いに食欲を刺激されたのかもしれない。

彼が上半身を起こそうとしたので、レティーシャは手を貸した。

男は「く……っ」と痛みにうめき声を上げながらも、なんとか上半身を起こす。レティーシャはそれを介助すると、トレイを彼の膝の上にのせてやった。

ところが、男は痛みで思うように手を動かせないのか、スプーンを握ることができない。見かねたレティーシャは彼の代わりにスプーンをとって一口分の麦粥を掬《すく》い、ふうふうと息を吹きかけて冷まし、男の口元に運んでやった。

「さあ、どうぞ」

「……っ」

レティーシャはこれまでも、病人や怪我人にこうやって食事の世話をしてきた。

だから彼女としてはごく当たり前の行為だったのだが、男はたじろぎ、なかなか口をつけない。

「どうしたの～？」

「早く食べないと、冷めちゃうよ」

「兄ちゃんが食わないなら、俺が代わりに食う！」

レティーシャと一緒に様子を見に来た子ども達が口々に言い立てた。

ほどなく、男は観念したようにぱくっと麦粥を口にする。その頬が少し赤いように見えるのは、気のせいだろうか。

「……美味《うま》い」

「お口に合ってよかった。たくさんあるから、遠慮なく召し上がってね」

レティーシャは微笑んで、続けてもう一口、さらにもう一口と麦粥を食べさせた。

そのうち、それを見ていた子ども達が自分もやりたいと言い出して、男は子ども達の手からも麦粥を食べる羽目になる。

子ども達――特にまだ四つのアリスでは上手く食べさせることができないのだが、男は苛立ったりせず、食べさせやすいようにわざわざ身を屈めて口を開いた。

「おにいちゃん、おいしい？」

「ああ、美味い。……ありがとうな」

「へへー」

「アリスばっかりずるい！　次は俺の番！」

「違うよ、次は俺だよ」

「こら、こんなことで喧嘩するな」

子ども達をたしなめる男の目は優しかった。

やはり、根っから悪い人間ではないのだろう。

レティーシャは男と子ども達の微笑ましいやりとりを見て、そう確信した。

するとその時、コンコンと扉を叩く音がして、レティーシャの侍女が顔を見せた。

「レティーシャお嬢様、今、旦那様の使いの者が参りまして……」

侍女が言うには、すぐ家に戻ってくるようにと、父が迎えを寄越したらしい。

「どうして？　今日は夕方までここにいられるはずだったのに」

「それが、アーノルド様が急に王都にお戻りになって、お嬢様を訪ねてこられたとか」

「まあ、アーノルド様が!?」

思わぬ名前が出て驚き、レティーシャは慌てて立ち上がった。

「……アーノルド様……？」

彼女の慌てぶりが気になったのか、男がぽつりと疑問符を浮かべる。

問われたレティーシャはぽっと頬を染め、「私の婚約者なの」と答えた。

気恥ずかしげな、しかしそれでいて嬉しそうな様子からは、彼女が婚約者を特別に思っていることが窺《うかが》える。

「……婚約者……」

どうしてか、男は目を瞠《みは》り、自分の胸をぎゅっと押さえた。

蒼い双眸《そうぼう》は伏せられ、なんだか辛そうに見える。また傷が痛み出したのだろうかと、レティーシャは心配になった。

「あの、大丈夫……？　傷が痛むの？」

「あ……、ああ。いや、大丈夫だ」

「ねえねえ、レティーシャさま、かえっちゃうの～？」

男が答えると、今度はアリスが寂しそうな顔でレティーシャのエプロンを摑む。今にも泣き出しそうに潤《うる》んだ瞳が、「帰らないで」と訴えていた。

「ごめんなさいね、アリス。とても大切なお客様がいらっしゃったから、すぐに帰らなければならないの」

「ん……」

アリスはまだどこか不満げではあるものの、こくんと頷く。

レティーシャはアリスの頭を優しく撫で、トムとアランにも声をかけた。

「本当にごめんなさい。でも、またすぐ会いに来るわ」

「わかった」

「待ってるからね、レティーシャ様」

年長の男の子二人は、聞き分け良く頷いた。しかし言葉とは裏腹に、その表情は暗い。

本当はアリスのように引き止めたいのを、ぐっと堪えているのだろう。レティーシャを困らせてはいけないと、我慢しているのだ。

子ども達のいじらしさに胸を突かれたレティーシャは、彼らを順番に抱き締め、頬に「さようなら、またね」のキスをした。

「レティーシャ様、お早く。あまりお待たせしては、アーノルド様のご機嫌を損ねてしまいますよ」

「ええ、わかっているわ。……あなたも、怪我が良くなるまでここで過ごせるよう神父様にお願いしておくから、ゆっくり身体を休めて。トム、アラン、アリス。このお兄さんのこと、よろしくお願いね」

レティーシャは最後、そう言って男に微笑みかける。

それから子ども達に男のことを託《たく》すと、侍女に急かされるようにして足早に部屋を出ていった。

「レティーシャ……」

レティーシャの出ていった扉をじっと見つめ、男は噛み締めるように彼女の名前を呟いた。

第一章　嵐の夜に

アッシュフィールド王国は、西大陸の北西に位置する大国である。南部に肥沃《ひよく》な農耕地帯を持ち、王家による安定した治世のもと、繁栄を続けてきた。

そのアッシュフィールド王国に数多《あまた》ある貴族家の一つ、オルコット子爵家の三女として生まれたレティーシャ・オルコットは、十七歳の初夏、幼いころよりの婚約者であったアーノルド・ブラウン伯爵と結婚した。

ブラウン伯爵家は代々優れた騎士を輩出してきた武の名門であったが、先代の当主であるアーノルドの父が騎士団を退役後に立ち上げた事業が失敗。多くの所領と財産を失い、困窮していた。

そこに救いの手を差し伸べたのがレティーシャの父、オルコット子爵である。彼は娘とアーノルドの婚約を条件に、ブラウン伯爵家への援助を約束した。この時、アーノルドは十八歳。レティーシャは十歳であった。

かねてから先代のブラウン伯爵とオルコット子爵は友人同士で、昔から家族ぐるみの付き合いがあったため、レティーシャとアーノルドも旧知の仲だった。

しかし十八歳の青年にしてみれば、十歳の少女などまだ子どもも子ども。妹のようにしか見えなかっただろう。また、経済援助を受けるための婚約であったから、自身が家のために身売りさせられるようなものだと、不満を抱えていたのかもしれない。とかく、アーノルドは八つ年下の婚約者に対し、どこか一線を引いて相手をしているようなところがあった。

オルコット子爵の手前もあってか、アーノルドは婚約者としての礼儀は最低限尽くしてくれたし、婚約後もそれまでと変わらず、レティーシャに優しく接してくれた。

けれどその態度はやはり『妹』に対するもので、婚約者や恋人――『女』に対するものとは少し違っていたのだ。

婚約を結んだ当初、レティーシャはまだ幼かったから、それも仕方のないことなのかもしれない。しかし彼女が成長してからも、アーノルドの態度は変わらなかった。

いや、それどころか、彼が二十二歳の年に北の国境砦《とりで》への異動が打診されると、これ幸いにとばかりレティーシャのいる王都から飛び出し、滅多に帰ってこなくなった。

一方のレティーシャは、八つ年上の婚約者に憧れにも似た恋心を抱いていた。彼女にとってアーノルドは優しく、頼りになる素敵なお兄様だったのだ。

アーノルド・ブラウン伯爵は、輝くような金の髪に深い緑色の双眸を持つ美丈夫である。騎士として鍛《きた》え上げられた逞《たくま》しい体軀に、爽やかさのある甘い顔立ちの彼は、多くの女性達の胸をときめかせた。

伯爵家の産を傾けた父に代わり、十八歳という若さで爵位を継承。騎士として順調に出世を重ね、若くして北の国境砦を預かる第三師団の師団長にまで上り詰めたことも、アーノルドという人間をより魅力的に見せたのかもしれない。

年上の美しい青年に向ける思慕の念は、長ずるにつれ愛情へと育っていった。まして彼はレティーシャの婚約者、未来の夫なのだ。そんな相手を愛するのに何の問題があっただろうか。

けれど、レティーシャがどんなにアーノルドを恋い慕っても、やはり彼にとって八つ年下の婚約者は金のために仕方なく婚姻を結ぶ、妹のようにしか思えない相手だったのである。それを、レティーシャは結婚式の夜に痛いほど思い知らされることとなった。

二人の結婚式は、レティーシャが十七歳、アーノルドが二十五歳の年の初夏に、王都の教会で執り行われた。

当時、アッシュフィールド王国は北に隣接するローレンス王国と紛争状態にあった。

ローレンス王国は、耕作に適した土地が少ない代わりに鉱山資源に恵まれて富んでいたのだが、近年になって鉱山の産出量が激減し、多くの国民が貧困に喘《あえ》いでいた。そんな北の王国が豊かな耕作地帯を抱える隣国に目をつけるのは、当然の成り行きだったのだろう。

ローレンス王国はアッシュフィールド王国への侵攻を開始。アッシュフィールド王国も騎士団を中心とした軍を編成し、北の国境線にてローレンス王国軍を迎撃した。

騎士や兵士達の奮闘の甲斐あって、ローレンス王国軍の侵攻は阻止できた。しかし隣国は諦《あきら》めず、以後も度々アッシュフィールド王国に攻めてくるようになったのである。

いっそアッシュフィールド王国側もローレンス王国に侵攻し、相手を攻め滅ぼしてしまえばよかったのかもしれないが、多くの犠牲を払って貧しい隣国を占領したとしても得るものは少なく、自ら進んで負債を抱えるようなものだったため、敵軍を撃退するに留めているのだった。

レティーシャとアーノルドが結婚した年、両国は休戦状態であったが、またいつローレンス王国が休戦協定を破って攻めてくるかもわからない。さらにアーノルドは前線となる北の国境を守護するアッシュフィールド王国騎士団第三師団の師団長として砦に詰めていたため、いつ戦場に立つことになるかわからなかった。

アーノルドとしてはまだ結婚を先延ばしにしていたかったようなのだが、そのような事情からレティーシャの両親もアーノルドの両親も、彼が後継を儲けないまま命を散らすことを案じて結婚を急かし、ようやく二人は結婚式を挙げることになったのである。

純白の花嫁衣装に身を包み、アーノルドの隣に立って神に結婚を宣誓した時、レティーシャの心は幸福でいっぱいだった。

数年にわたる紛争に疲弊していた当時の世相から、華美なウエディングドレスを着ることも、豪華な式を挙げることもできなかったけれど、ずっと恋い慕っていたアーノルドの妻になれたというだけで幸せだったのだ。

騎士団の正装を身に纏い、自分に永遠の愛を誓ってくれたアーノルドは普段以上に凛々しく、うっとり見惚れてしまうほど恰好良かった。

こんな素敵な人が自分の夫だなんて信じられないとどこか夢見心地のまま、レティーシャはアーノルドと共に、これから暮らすことになる伯爵家の屋敷に向かった。

かつては王都の貴族街に立派な屋敷を構えていたブラウン伯爵家だったが、今はそれも手放し、一家は王都の郊外にある小さな屋敷に身を寄せていた。アーノルドは北の国境砦で暮らしているため、普段は彼の両親——先代の伯爵夫妻と少数の使用人が暮らしている。

その小さな屋敷の、若夫婦のために整えられた寝室で、レティーシャは不安と期待を胸に、夫となったばかりのアーノルドを待っていた。

今宵は新婚初夜。レティーシャがその身をアーノルドに捧げ、名実ともに夫婦となる大切な夜である。

閨事《ねやごと》については、あらかじめ母や侍女から教えられていた。想像しただけで恥ずかしかったし怖くもあったけれど、愛する人と身も心も結ばれる喜びは何にも勝るものだという。それに、アーノルドならきっと優しくしてくれるだろう。

レティーシャは、そう信じていたのだが——

「……すまない」

寝室に現れたアーノルドは、気まずげに謝罪の言葉を口にした。

「レティーシャのことは、可愛いと思う。だが、俺にはやはり、君は妹のようにしか思えないんだ」

「……っ」

「すまない、レティーシャ」

お前を抱く気にはなれないのだと、婉曲《えんきょく》な言葉でアーノルドは告げる。

そして顔色を失った新妻に背を向けてそそくさと寝具に包《くる》まると、あっという間に寝入ってしまったのだ。

ランプの灯りに照らされたベッドの上、憎らしいほど安らかな表情で眠る夫の顔を見つめるレティーシャの瞳から、ぽろぽろと涙が零れる。

北の国境砦から王都までは馬を駆っても五日はかかるというから、移動の疲れもあったのかもしれない。

けれどまさか、初夜の床で夫に拒まれるとは思いもしなかった。

だがそれだけ、自分は彼にとって魅力のない女なのだろう。

自分のつましい胸元や肉付きの薄い身体を見つめ、レティーシャは惨《みじ》めさに打ちひしがれた。

彼が自分を妹のように見ていることはわかっていた。歳が八つも離れているのだ。まして婚約を結んだ時、自分はまだ十歳だった。成長し、十七歳となった今も、彼が自分を女として見られないのは仕方のないことなのかもしれない。

「………………」

そう自分を納得させる一方で、レティーシャの心は深く傷ついていた。

レティーシャは、アーノルドの妹ではなく妻になりたかったのだ。

正式に婚姻を結んだ今、レティーシャは紛《まぎ》れもなくアーノルドの妻、ブラウン伯爵夫人である。けれど、彼女はそんな肩書きが欲しかったわけではない。

彼に妻として、女として愛されたかったのだ。

その願いは叶わず、花嫁は純潔のまま初夜を明かし、朝を迎えた。

泣き腫《は》らした眼をしたレティーシャを前に、アーノルドもさすがに思うところがあったのだろう。彼は新妻の額にキスを贈ると、こう言った。

「……レティーシャ、昨夜は酷いことを言って悪かった。北の砦では、いつ起こるとも知れないローレンス王国の侵攻に備えて、張り詰めた日々を送っている。俺も……疲れていたんだ」

だからつい心ない言葉を口にしてレティーシャを拒んでしまったのだと、アーノルドは語った。

「もう少しだけ、待っていてくれるか？　いつかローレンス王国との争いに決着をつけ、俺は必ずお前のもとに帰ってくる。その時には、今度こそお前を抱く。お前を愛して、子を生《な》し、温かな家庭を築くと誓うよ、レティーシャ」

「アーノルド様……」

そうだ。彼は騎士として、いつまた戦場になるともしれない北の国境で、この国のために働いているのだった。それなのに自分は、アーノルドに抱かれなかったことくらいで傷ついて、泣いて……。なんて自分勝手だったのだろうと、レティーシャは己を恥じた。

「信じて、待っていてくれるか？　レティーシャ」

「はい」

彼の言葉を信じ、彼の帰りを待とう。彼の無事を祈り続けよう。

今はまだ妹にしか見られない自分も、あと数年歳を重ねれば成熟した大人の女性として見てもらえるようになるかもしれない。

そうしていつか、アーノルドが帰ってきた時、自分達はようやく、本当の意味で夫婦になれるのだ。

「いつまでもお待ちしています、アーノルド様」

レティーシャが目に涙を浮かべて「愛しています」と告げると、アーノルドは困ったように微笑んで、「俺も愛しているよ」と囁き、彼女の唇に触れるだけのキスをした。

そうしてアーノルドは年若い新妻を王都に残し、再び北の国境へと旅立っていった。

本来ならあと数日は王都に滞在する予定だったが、砦に残してきた部下達の様子が気になると言って、結婚式の翌日には王都を発ったのだ。

レティーシャは清い身体のまま、夫の言葉を健気に信じ、帰りを待ち続けた。本当は独身時代と変わらず教会や救貧院へ慰問に行きたかったけれど、アーノルドに強く反対されたため断念し、代わりに自分の持参金から細々と寄付を続けた。

義両親となった先代夫妻にもよく仕え、伯爵家の屋敷を守った。

遠く離れたアーノルドの無事を神に祈り、手ずから夫のシャツや下着を縫《ぬ》い、靴下を編み、日持ちする保存食を作っては北の国境砦で暮らすアーノルドのもとに送った。

アーノルドからも、折に触れて手紙や贈り物が届いた。レティーシャが妻としてよく家を守り、自分だけでなく部下達の分まで差し入れを送ってくれることへの感謝の手紙と、北の国境砦にほど近いノールズという町で買い求めたという髪飾りやブローチ、首飾りや腕輪などの宝飾品である。

王都で自分の帰りを待つ妻への、愛の証として。

（アーノルド様……）

それらはみな、レティーシャにとってかけがえのない宝物である。

手紙や贈り物に込められている、アーノルドの想い。

遠く離れていても、自分達は夫婦として繋がっていると信じられた。

だからこそ、アーノルドのいない寂しい日々を耐えることができたのだ。

レティーシャは、アーノルドを心から愛していた。

アーノルドも、同じだけの愛を自分に返してくれていると信じていた。

――まさか数年後、手酷い裏切りに遭《あ》うことになるとも知らず。

純粋無垢《むく》な花嫁は、夫の帰りを一途に待ち続けたのだった。

結婚から五年の歳月が流れ、レティーシャは二十二歳になっていた。

夫であるアーノルドとは、結婚式以来一度も顔を合わせていない。師団長として国境砦の騎士達を指揮する立場にある彼は、休暇の際にも王都の家族のもとへ戻ることはなかった。

それだけ緊迫した状況が続いているのだろう。特に今年に入ってからはまたローレンス王国が北の国境を侵すようになり、両国は再び戦争状態に突入していた。

今はまだ小隊同士の小競り合いが時折起こる程度だと聞いているが、アーノルドは大丈夫だろうかと、レティーシャの心配は尽きない。

（……もうすぐ、夏も終わるわね……）

八月も下旬のある夜のこと。レティーシャは自室の窓辺にある椅子に座り、ランプの灯りを頼りに縫い物をしていた。ふと窓に視線を向けると、外は轟々《ごうごう》と風が吹き荒れ、叩きつけるような横殴りの雨が降り続いている。夏の終わりを告げる嵐だ。これが過ぎると一気に寒くなり、王国は秋を迎える。

王都でさえ秋、そして冬の寒さは厳しいのだから、ここより北に位置するノールズの町、そして国境砦の寒さはいかばかりか。レティーシャは夫に送る予定の厚手のシャツを早く仕上げてしまおうと、再び針を動かし始めた。

するとと嵐の音に混じって、にわかに部屋の外が騒がしくなる。ついには人の怒号まで聞こえてきて、レティーシャはいったい何事かしらと立ち上がった。

縫いかけのシャツをテーブルに置き、ナイトドレスの上にストールを巻いて部屋を出る。

階段を下り、声のする玄関ホールへ向かうと、ブラウン伯爵家に長く仕える老執事が何者かを相手に「こんな時間に！」「非常識な！」と怒鳴っていた。

「まあ、ケイデンス。そんなに大きな声を出して、いったいどうしたの？」

「若奥様！」

「お客様……？　かしら」

レティーシャは、老執事のケイデンスが怒鳴っていた相手を見て首を傾げる。

来客の予定はなかったはずだし、こんな時間に、ましてこんな悪天候の中を訪ねてくる相手に心当たりはない。だからこそケイデンスも「非常識」と怒りを露わにしていたのだろう。

また、その人物の身形がお世辞にも良いとは言えないことが、老執事の警戒心をさらに煽っているに違いない。大雨に遭ってずぶ濡れなのは仕方ないとしても、外套《がいとう》はぼろぼろ。目深に被ったフードからわずかに覗く顔も薄汚れていて、不精髭《ぶしょうひげ》が生えている。

おそらく、嵐に遭って行き場を失くした浮浪者紛《まが》いの旅人が一夜の宿を求めてやってきたとでも思っているのだろう。

「お客様だなんて！　こんな非常識な時間に訪ねてくる人間は、当家のお客様ではありませんよ！」

ケイデンスは声を荒らげ、レティーシャの言葉を一蹴する。この老執事はブラウン伯爵家が家運を傾ける前、名門貴族として隆盛を誇っていたころから仕えているため、少々矜《きょう》持《じ》が高いのだ。

「まあまあ、落ち着いてケイデンス。それで、あなたは何のご用で訪ねていらしたの？」

レティーシャは、ずぶ濡れの怪しい人物を頭ごなしに追い返そうとするケイデンスを宥《なだ》めると、改めて客人に用件を尋ねた。

するとその人物は、目深に被っていたフードをとり、突然外套を脱ぎ捨てて、レティーシャの前に跪《ひざまず》いた。

（えっ……、あ……）

外套に隠されていた彼の服装が露わになり、レティーシャと老執事は揃って目を見開く。

彼が身に纏っていたのは、この国の正騎士のみが袖を通すことを許される、群青の制服だったのである。

ただしその制服はぐっしょりと濡れそぼち、色を濃くしていた。この嵐の中では、外套もあまり役に立たなかったと見える。

「こんな時間に、連絡もなく突然押し掛けて申し訳ありません。緊急の知らせがあり、まかりこしました。自分はシーザー・グランヴィル。アーノルド卿率いる王国騎士団第三師団に所属する騎士です」

レティーシャと同年代くらいのその男――シーザー・グランヴィルはそれを証明するように、自身の胸元にある隊章を示した。両翼を広げた鷲の紋章は、確かにアーノルドが指揮する第三師団の隊章である。

「まあ……」

それでは彼は、夫の部下なのか。

(でも、どうしてアーノルド様の部隊の方が……？)

こんな嵐の夜に、夫の部下である騎士が突然訪ねてくる。そのことに一抹の不安を感じ、レティーシャは恐る恐る目の前の青年を見つめた。

「…………っ」

彼はどこか痛みを堪えるような表情で、まっすぐレティーシャを見上げている。雨に濡れた髪は夜を集めたような漆黒。そしてその瞳は、澄んだ夏空のような蒼だった。

(……？　この瞳、以前どこかで目にしたような……)

そんな既視感を覚えるレティーシャに、シーザーは静かな声でこう告げた。

「六日前、我ら第三師団はローレンス王国軍の奇襲を受け、壊滅《かいめつ》状態に陥りました」

(え……)

レティーシャの目が驚きに見開かれる。

「師団長、アーノルド卿はその戦闘で……」

(……い、いや……)

苦悶に満ちたシーザーの表情が、声が、言葉にせずとも、彼の言わんとしていることを表しているようだった。

（いや、いやよ……、それ以上言わないで……）

聞きたくない。そんな不吉な言葉など、聞きたくはなかった。

けれどレティーシャの願いも虚しく、無情な宣告が与えられる。

「その戦闘で、……討ち死に……なさいました」

（そんな……）

全身から血の気が引き、レティーシャの顔が真っ青になる。

一緒に聞いていたケイデンスも、信じられないという表情で口元を覆った。

「だ、旦那様が……アーノルド様が……」

（アーノルド様……）

戦場に騎士として立つ以上、命を奪われる可能性もあるとわかっていた。覚悟もしていた……つもりだった。

でも、心のどこかでアーノルドならきっと大丈夫だと、根拠のない自信を持っていたのかもしれない。

だって、まさかこんなにも突然に別れがやってくるなんて思わなかった。

アーノルドはきっと帰ってくると信じていたのだ。

「師団長は今際《いまわ》の際《きわ》、俺に遺言と形見の品を託されました。それをお届けするべく、こうして……。師団長を、あなたのご夫君をお守りできず、申し訳……ありません……」

シーザーは苦しみを堪えるような声で謝罪して、レティーシャに深々と頭を下げる。

そして、油紙に包まれた何かを懐《ふところ》から取り出し、彼女に差し出した。

「これを、あなたに……」

「……っ」

レティーシャは震える手で、その包みを受け取った。

恐る恐る開くと、そこには一房の髪と見覚えのある指輪があった。金色の髪はアーノルドの遺髪なのだろう。そして指輪は五年前、結婚式の折にレティーシャが手ずから彼の指に嵌《は》めた、結婚指輪だった。

「ああ……っ」

見間違えるはずがない。この指輪はアーノルドのものだ。自分が今左手の薬指に嵌めている指輪と対になっている、世界で一つだけの指輪。

（嘘、嘘よ……）

レティーシャの菫色の瞳から、ぽろぽろと涙が零れる。

あの人が自分を置いて死んでしまったなんて、信じられない。信じたくない。

これは悪い夢なのではないだろうかと、レティーシャはこの残酷な現実を受け入れられずにいた。

そんなレティーシャを痛ましげに見上げ、シーザーは震える声でアーノルドの言葉を伝える。

「師団長は最期に、『すまなかった、レティーシャ。……愛している』と……」

アーノルドの遺言を告げたシーザーは、それが限界だったかのように意識を失い、その場に倒れ込んだ。

「シーザー様？　シーザー様!?」

「若奥様、すぐに人を呼んでまいります！」

「ええ、お願い……っ」

アーノルドの最期の言葉と形見の品を届けてくれた騎士を助けなければ。

その一念で、レティーシャとケイデンスは零れ落ちる涙もそのままに、慌てて彼を客室に運び込んだのだった。


騎士シーザー・グランヴィルがもたらした訃報から、遅れること数日。

王都の騎士団本部より、ブラウン伯爵家に改めてアーノルド戦死の報が伝えられた。

彼の遺体は、ノールズの墓地に葬られたという。そのため王都では空の棺《ひつぎ》にシーザーが届けた遺髪と屋敷に残っていた彼の衣服を収め、葬儀を執り行うことになった。

本当はアーノルドの遺体を王都に引き取りたかったが仕方ない。今この国には、北の地で戦死した騎士の遺体を遠く離れた王都まで運ぶ余裕がないのだ。

アッシュフィールド王国は現在、突然激化した戦況への対応に追われ、軽い混乱状態に陥っている。戦死の知らせが遅れたのも、おそらくその影響だろう。

現地では今も、生き残った第三師団の騎士達が一般兵をまとめ上げ、ローレンス王国の攻勢になんとか耐えているらしい。シーザーは戦死したアーノルドに代わって指揮をとる副師団長の命で馬を駆り、近隣の街と王都に状況を伝え、援軍を要請したのだそうだ。

そうして王都の騎士団本部に一報を入れたあと、その足でブラウン伯爵家の屋敷を訪れ、訃報《ふほう》を伝えた。

ろくに休むことなく馬を駆り、王都へやってきたシーザーの身体は傷だらけだった。彼は戦闘で負った傷を隠し、伝令の任についたのである。アーノルドの遺言を伝えたあと、限界を迎えて倒れたシーザーを診た医者は、「よくこんな身体で馬を走らせたものだ」と呆れていた。

そうまでして彼は、アーノルドの形見と最期の言葉を届けてくれたのである。

そしてシーザーが詳しい戦況を迅速に伝えたことで、王都の騎士団も動いた。北の国境には援軍や物資が送られ、あちらからは近隣の街で収容しきれなかった負傷兵が搬送《はんそう》されてきた。今回の戦闘では、かなりの犠牲者が出たらしい。騎士団は遺体を送り届けることよりも負傷者の搬送を優先し、結果、アーノルドを始めとする今回の戦闘の死者達は現地で葬られることになったのだ。

それでも、アーノルドはまだマシな方だろう。彼は身分が高く、かつ第三師団の師団長という立場であったから現地の教会で丁寧に清められ、墓地に埋葬された。いずれ状況が落ち着けば、王都の墓地に遺体を改葬することもできる。しかし一般兵が戦死しても共同墓地に投げ込まれ、まとめて埋葬されるだけだ。

またアーノルドには文字通り命を賭して北の国境線を守った功が認められ、勲章と報奨金が与えられることになった。

戦場に散った夫は英雄と讃《たた》えられた。

しかしレティーシャには、それを誉《ほま》れと喜ぶ気持ちはまったく湧いてこなかった。

英雄の妻になりたかったわけではないのだ。

彼女はただ、夫に生きて帰ってきてほしかったのである。

生きて戻った彼と、温かい家庭を築きたかった。

——その願いは、もう永久に叶わないけれど。

(アーノルド様……)

ブラウン伯爵家に縁のある教会で、わずかな形見の品を詰めただけの棺を見つめながら、喪服に身を包んだレティーシャは夫の死を悼《いた》み、静かに涙を流した。

その傍らでは義父である先代伯爵チャールズが、深い悔恨と悲哀に満ちた表情で、息子の棺を見つめている。義母のドーラは人目もはばからず棺に縋《すが》り、先ほどからさめざめと泣き続けていた。

「ああ、こんなに早く逝《い》ってしまうなんて……。ブラウン伯爵家はこれからどうなるの？　アーノルドには子どもがいないのよ。結婚して、もう五年も経つというのに」

「よしなさい、ドーラ」

息子の死を嘆き悲しむだけでなく、後継者問題にまで言及し始めた妻を、チャールズが咎《とが》める。

「だって！　このままじゃ、ブラウン伯爵家はあの薄情な縁戚どもに乗っ取られてしまうのよ!?　あの人達、きっとアーノルドの死を喜んでいるに違いないわ！」

ドーラの言う『薄情な縁戚ども』とは、ブラウン伯爵家が借財を抱えた際、巻き込まれてはかなわないとばかりにすぐさま離れていった親族達のことだ。彼らはブラウン伯爵家が隆盛を誇っていたころには擦り寄ってきていたのに、いざ伯爵家が傾き出すと、蜘蛛《くも》の子を散らすように関わりを絶っていったのである。

ドーラはそのことを未だに恨んでいて、当主であるアーノルドが後継を儲けずに死んだ今、ブラウン伯爵家の継承権がその親族達の誰かに渡ることを懸念しているのである。

「レティーシャがアーノルドの子を身籠もっていれば、こんな心配をしなくて済んだのに」

「ドーラ！」

「だって……っ」

「アーノルドは、レティーシャと一晩しか共に過ごさなかったのだ。それで子を生さなかったからといって、レティーシャを責めるのはお門違いだぞ」

「それは、そうだけれど……」

「…………」

貴族の妻として一番大切な『後継を儲ける』義務を全うできなかったレティーシャは、肩身の狭い思いで義両親の言い争う声を聞いていた。

チャールズの言う通り、レティーシャは結婚して一晩しかアーノルドと閨を共にしなかった。それどころかアーノルドはその褥《しとね》で妻を抱かなかったのだから、それで子どもができようはずもない。

「……申し訳ありません、お義父様、お義母様」

けれどレティーシャは、己に全ての非があるのだと、夫の両親に頭を下げた。

自分にもっと女性としての魅力があったなら、アーノルドも自分を抱いてくれたかもしれない。休暇の際にも王都に、自分のもとに帰ってきてくれたかもしれない。

二人の間に子どもが生まれていたら、その子の成長見たさに、アーノルドが王都での勤務を希望したかもしれない。

そうしたら、今とは違う未来が――アーノルドが死なずに済む未来があったのかもしれない。

そんな仮定などいくつ思い浮かべたところで、今更この状況が変わるわけではない。

わかっている。わかっているけれど、そう後悔せずにはいられなかった。自分を責めずにはいられなかった。

「申し訳、ありません……っ」

「レティーシャ……」

泣きながら謝罪するレティーシャに、さしもの先代伯爵夫人もばつの悪そうな表情を浮かべる。

「……ごめんなさい。ごめんなさいね、レティーシャ。わたくし、悲しみのあまり酷いことを言ってしまったわ。あなたは何も悪くないのに」

「お義母様……」

「ドーラの言う通りだ、レティーシャ。お前は何も悪くない」

「お義父様……」

「さあ、今は静かに、アーノルドを送ってやろう。彼が安らかに眠れるよう、祈ろうではないか」

それが自分達にできる唯一のことだと諭《さと》して、チャールズは手を組み、祈りを捧げる。

レティーシャとドーラもそれに倣って、アーノルドの冥福《めいふく》を祈った。

そうしてアーノルド・ブラウン伯爵の空の棺は家族に見送られ、王都の墓地に埋葬されたのだった。

夫の葬儀を終えて屋敷に戻ったレティーシャは、その日の夕刻、シーザーのいる客室を訪ねた。

彼は今もこの屋敷に滞在している。

シーザーは思っていたよりも深手を負っていた。老執事が手配した医者に診てもらい処置はしたものの、回復には時間がかかる。それを聞いたレティーシャが、傷が癒えるまでこの屋敷に留まり静養することを勧めたのだ。

シーザーは、これ以上面倒をかけるわけにはいかないと出ていこうとしたが、レティーシャ達にとって、彼はアーノルドの形見の品と遺言を届けてくれた恩人である。大したもてなしはできないまでも、傷が癒えるまでゆっくり逗留《とうりゅう》してもらい、世話をすることはできるだろう。せめてものお礼に、それくらいのことはしてやりたかった。

レティーシャが二階にある客室に足を踏み入れると、シーザーはちょうど上半身を起こしていた。彼は訪れたレティーシャを気遣わしげな表情で迎え入れる。

シーザーは、今日がアーノルドの葬儀の日であることを知っている。夫の葬送を終えたばかりの彼女の心中を慮《おもんぱか》ってか、その瞳には深い哀憐《あいれん》の色があった。

「お加減はいかがですか？　シーザー様」

レティーシャはベッドの傍らに置かれていた椅子に腰かけ、身体の具合を尋ねる。

「おかげさまで、だいぶ良いです」

彼は包帯の巻かれた手を自身の胸に当て、穏やかな声音でそう答えた。

この屋敷へ駆け込んできた時には浮浪者と見間違われるほどだったシーザーも、使用人達の手によって、今では清潔な身形に変わっている。ぼさぼさだった髪は整えられ、不精髭も綺麗に剃《そ》られていた。

そうして露わになったのは、野性味のある整った顔立ち。これには、彼の手当てを手伝った老執事も下女達もみんな驚きの声を上げたほどである。

男らしく凛々しい眉に、すっと通った鼻筋。どことなく色気を感じる薄い唇。しかし一番に目を惹くのは、澄み渡った夏空のような蒼い瞳だろう。

今はあちこちに湿布が貼られ、包帯が巻かれているが、騎士らしく鍛え上げられた肉体も雄々しく、逞しかった。おかげで、ブラウン伯爵家に仕える数少ない使用人の女達は、老いも若きもみな色めき立っている。

先日、下女達がシーザーの身体を清拭《せいしき》する役を奪い合っていたことを思い出し、レティーシャは苦笑した。

それから改めて、夫の葬儀が無事終わったことを彼に告げる。

「シーザー様のおかげで、夫の遺髪を棺に入れることができました。義両親共々、感謝しております。本当にありがとうございました」

「レティーシャ様……」

泣き腫らしてすっかり赤くなった彼女の目元を痛ましげに見やり、シーザーは言った。

「俺は……、あなたに……」

「え……？」

「……いえ、すみません……」

包帯の巻かれた拳をきつく握り締め、彼はレティーシャに向かって深々と頭を下げる。

「あなたのご夫君をお守りできず、本当に、申し訳ありませんでした」

「シーザー様……」

彼はきっと、アーノルドを死なせてしまったことを心の底から悔《く》いているのだろう。

けれどレティーシャは、これほど深く慙愧《ざんき》の念に苛《さいな》まれているシーザーを責める気にはなれなかったし、詫《わ》びてほしいとも、償ってほしいとも思わなかった。

彼女は静かな声で、「もう、顔を上げてください」とシーザーを諭す。

「あなたのせいではありません。それにシーザー様は、私達家族にアーノルド様の最期のお言葉と、形見の品を届けてくださいました」

傷を負った身体で幾日も馬を駆り、遠く離れた戦場からこの王都まで、夫の遺志を届けてくれたのだ。

感謝こそすれ、どうして彼を責めることができるだろう。

「それは……」

「どうかもう謝らないで」

「レティーシャ様……」

「それより、夫の話を聞かせてください。アーノルド様は……」

愛する夫は最期、どんなふうに戦い、そして散っていったのか。

ローレンス王国の奇襲を受け、その戦闘の最中に命を落としたとは聞いたけれど、それ以上に詳しい話はまだ聞いていなかった。

「……っ」

しかしその問いを投げかけようとした途端、急に胸が苦しくなり、唇が震えて、言葉を続けることができなくなる。

今はまだ悲しみが強すぎて、夫の最期を聞くことを心が拒んでいるのだろう。

「アーノルド様……は……っ」

(ああ、いやだわ。これ以上ないくらい泣いて、泣いて、泣き続けたのに。まだ涙が込み上げてくる)

レティーシャは必死に涙を堪え、質問を変えた。

「……夫は、北の国境砦で、どんなふうに暮らしていたのですか？」

そんなレティーシャの想いを、シーザーも汲んでくれたのだろう。

「そう、ですね。師団長は……」

彼は明るい話題だけを選び、北の国境砦で暮らしていたころのアーノルドの様子を語ってくれた。

シーザーは今から五年ほど前、ちょうどレティーシャがアーノルドと結婚したあとくらいに、第三師団に配属されたらしい。

北の国境砦に駐在するこの部隊は、主に下級貴族や商家出身の騎士で構成される。その中にあって、アーノルドは伯爵という高い身分ながらもそれを鼻にかけることなく、気さくで面倒見が良く、部下達に慕われていたという。鷹揚《おうよう》なアーノルドが飴となり、規律に厳しい副師団長が鞭《むち》となり、上手く騎士達を統率していたのだそうだ。

非番の日には同じく非番の部下達を誘い、ノールズの町で気前良く酒を奢《おご》っていたらしい。アーノルドは飲むと陽気になる人で、新入りともすぐに打ち解けていたのだとか。

彼の語り口は上手く、在りし日の夫の姿がまざまざと浮かぶようだった。

（そう……。アーノルド様は、お酒がお好きだったのね）

夫が酔うとどんなふうになるかなんて、レティーシャは知らなかった。

妻である自分よりも、シーザーの方がよほどアーノルドのことをよく知っている。その事実に、レティーシャは密かに胸を痛めた。

自分達は本当に形だけの夫婦だったのだと思い知らされるようで、切なかったのだ。

「それで、その時師団長が……っ、つう……」

ふいに、それまで明るく思い出話を語っていたシーザーが自分の胸を押さえ、口籠もる。

傷が痛み出したのだろう。自分が無理をさせたせいだと、レティーシャは慌てて彼をベッドに寝かしつけた。

「無理をさせてごめんなさい、シーザー様。それから、アーノルド様のことをたくさん話してくださって、ありがとう」

「レティーシャ様……。すみません……」

「いいえ、謝るのはこちらの方よ。今日はもうゆっくり休んで。あとで夕食を届けさせるわ。それから、身体が良くなるまで遠慮なく、この屋敷に逗留なさってね」

レティーシャはそう伝えて、客室をあとにした。

パタン……と扉を閉め、数歩足を進める。

廊下にはまだ灯《とも》りが点ってておらず、薄暗くどこか寒々しいこの場所に、レティーシャは一人。

「……っ」

途端、まるで世界に取り残されたような心地になって、堪えていた涙が堰《せき》を切ったように溢《あふ》れ出した。レティーシャは嗚咽が漏れないよう口元を押さえ、涙を零す。

(ああっ、アーノルド様、アーノルド様……っ)

どうして逝ってしまったの。

(アーノルド様に会いたい。シーザー様が話してくれた、活き活きと部下達を指揮する、私の大好きな騎士様に、アーノルド様に会いたい……っ)

涙と共に想いが溢れ、たまらなくなったレティーシャは、これまでずっと一人で過ごしてきた夫婦の寝室に駆け込んだ。

この部屋も、このベッドも、たった一度しかアーノルドと共に使うことはなかった。その思い出すら今は遠く、朧《おぼろ》に霞んでいる。

「アーノルド様……」

レティーシャは夫の面影を求めて、寝室の中を見渡した。

涙を湛えたその目に、ふと白い布切れが飛び込んでくる。

窓辺に置かれたテーブルの上にあるそれは、あの嵐の夜からずっとここに放置してしまっていた、縫いかけのシャツだった。
心を込めて、ひと針ひと針丁寧に縫った、アーノルドのためのシャツ。
けれど、彼がこの服に袖を通す日は、もう永遠にこないのだ。
完成することのないシャツを胸に抱いて、レティーシャは愛する夫の名を呼ぶ。
「アーノルド様……っ」
いったいどれだけの涙を流せば、この苦しみから救われるのだろう。
深い悲しみに囚われたレティーシャはそうして一人、夫を想って泣き続けるのだった。

第二章　夫の裏切り

アーノルドの葬儀から、早いものでもう一週間の時が過ぎた。

レティーシャの心は今も、深い悲しみの中にある。それでも彼女は気丈に振る舞い、一人息子を喪って消沈している義両親を慰《なぐさ》め、励ました。

また伯爵家の女主人として、数少ない使用人達を上手く差配し、日々の暮らしを維持することも怠《おこた》らない。人手が足りないため、時にはレティーシャ自ら下女がするような仕事をこなすこともあった。

さらに彼女は実家である子爵家にかけあって、現在も前線で戦っている騎士達に物資や食糧を送る手配を進めていた。

そうして常に何かしらの仕事を見つけ、忙しく立ち回っていないと、心が悲しみに呑まれ、挫《くじ》けてしまいそうになるのだ。

レティーシャは何かに追われるように、何かから目を逸らすように、慌ただしい日々を送っていた。

そんな彼女は日に一度か二度、屋敷に滞在するシーザーのもとを訪れ、見舞うようにしている。そこで彼の口から生前のアーノルドの話を聞くのが、今のレティーシャにとって数少ない心の慰めとなっていた。

最初は、部下であるシーザーの方が夫の人となりをよく知っていることに複雑な思いだったが、今はそれ以上にアーノルドの話を聞きたい、夫のことを知りたいという気持ちの方が勝っている。

それにシーザーはいつもレティーシャの気持ちを慮って話題を選び、時に面白おかしく彼らの失敗談を語ってくれるので、最近では少しずつ、以前のように笑みが零れることも増えてきた。

そしてこの日も、レティーシャは二人分の紅茶と茶菓子を用意し、シーザーのもとを訪れていた。

つい数日前まではベッドから起きるにも人の手が必要だったシーザーも、今では包帯や湿布の数が減り、杖を使えば一人で歩けるまでに回復している。

その変化を喜ばしく思いながら、レティーシャは彼と共に紅茶を飲み、お菓子を摘まんで、アーノルドの思い出話に耳を傾けていた。

「――そういえば、レティーシャ様」

紅茶で喉を潤《うるお》し、一呼吸置いたシーザーがふと思い出したように話題を変える。

「支援物資だけでなく、第三師団の負傷者や死者の遺族達にも見舞金を用意していると聞きましたが、本当ですか？」

そう問うシーザーの瞳には、わずかだが咎めるような気色が滲んでいた。

（あら。きっとケイデンスがしゃべったのね。見舞金は私の持参金から出すから、伯爵家の財政には影響しないと言ったのに、もう……）

自分の考えに反対していた老執事の渋面が頭に浮かび、レティーシャは苦笑を浮かべた。

彼女は自身の持参金と、嫁入りの際に持ち込んだ宝飾品の一部を売って工面したお金で、アーノルドの部下やその遺族達に見舞金を送ることにしたのだ。もちろん、シーザーもその対象となっている。

おそらくケイデンスは、「こうして当屋敷で面倒を見てやっているだけで十分なのに」とかなんとか、シーザーに対して嫌みを言ったのだろう。あるいは、シーザーにレティーシャを説得させようと考えて、わざと事情を話したのかもしれない。

レティーシャは持っていたカップをそっとソーサーに戻し、「ええ、本当よ」と頷く。

「見舞金なら、騎士団本部からも支給されます。レティーシャ様がご自身の懐を痛める必要はないのではありませんか？」

「ええ、そうかもしれないわね。でも……」

レティーシャは、何と言われようとも考えを曲げる気はなかった。

「あなたも彼らも、みんな夫の指揮のもと、命がけで戦ってくれた人達だもの。傷を負った方、命を……落とされた方。そして大切な家族を喪ってしまった遺族の方達に、アーノルド様の妻として、少しでも報いたいの」

「レティーシャ様……」

「正直、一人一人にお渡しできるお金はあまり多くないのだけれど。きっと、天国にいるアーノルド様も賛成してくださると思うわ」

そう言って悲しげに笑うレティーシャに、シーザーは泣き笑いにも似た表情を浮かべ、ぽつりと呟く。

「あなたは……本当に、変わらないのですね」

「え？」

彼の声は小さすぎて、レティーシャの耳にははっきりと届かなかった。

「いえ、なんでも……。レティーシャ様がそこまでお考えなら、俺はもう反対はしません。ただし、俺の分の見舞金は受け取りませんからね」

「えっ、そんな……」

「どうしてもと言うなら、それは俺のために使った薬代に充《あ》ててください。……いや、食事代やら何やらを含めると足りないくらいですね。ここでお世話になる分、これからは俺にも生活費を払わせてください」

「あなたは我が家の恩人なのだから、そんなこと気にしなくてもいいのよ？」

「いいえ、いけません。生活費を受け取っていただかないと、気が咎めて食事も喉を通らなくなってしまいます」

シーザーはわざとらしく神妙な表情を作って、まだ半分ほど中身の残ったティーカップを持ち上げてみせる。

「こうしてレティーシャ様とお茶をご一緒することも、焼き菓子をいただくこともできなくなってしまいますね」

「まあ……、それは困るわね」

レティーシャはくすりと笑い、「わかったわ」と頷いた。

「シーザー様とこうしてお茶を飲めなくなるのは寂しいもの。それではありがたく、生活費をいただきますね」

そうして受け取ったお金の分、彼の食事にもっと滋養《じよう》のある食材を使おうと、レティーシャは考える。

（やっぱり、もっとお肉の量を増やした方がいいかしら。それから……）

彼女がそう今後の献立に思いを馳せたその時。コンコンとノックする音が響いて、扉越しに老執事の声が響いた。

「わ、若奥様、こちらにいらっしゃいますか？」

「ケイデンス？　ええ、ここにいるわ」

レティーシャが答えると扉が開き、ケイデンスが姿を現す。

彼はいつになく落ち着かない様子で、額に滲んだ汗を拭き拭き「お、お客様がお見えです」と告げた。

「お客様？　今日、来客の予定はなかったはずだけれど……」

彼女は首を傾げ、様子のおかしい老執事に「どなたがお見えなの？」と尋ねた。

「そ、それはわたくしの口からは何とも……。とにかく、応接間にいらしてください。今は大旦那様と大奥様がお相手をなさっています」

ケイデンスは先代夫妻から、レティーシャを呼んで来るようにと命じられたらしい。

老執事の態度に疑問は残るものの、義両親が自分を呼んでいるのなら、すぐに向かわなければならない。

レティーシャはお茶の途中で退席する無礼を詫び、次いでシーザーに自分の分の焼き菓子を勧めると、客室をあとにした。

「若奥様、お早く」

「え、ええ」

「……お気を確かにお持ちくださいね」

「ケイデンス……？」

（お気を確かに、だなんて……）

老執事は、どうして自分にそんな言葉をかけるのだろう。

レティーシャは訝《いぶか》しみつつ、ケイデンスに急かされるまま応接間へと向かった。

「若奥様をお連れしました」

「入りなさい」

ケイデンスが扉越しに声をかけると、室内から義父チャールズの応えがある。

老執事が扉を開け、レティーシャは応接間に足を踏み入れた。

伯爵家の体面を保つため、最低限の調度品を揃えた広い室内には、来客用のテーブルセットがドンと鎮座している。

その場所――足の低いテーブルを挟んで向かい合う一対の長椅子のうち、片方には義両親が、もう片方には黒髪の女性と、四、五歳くらいの金髪の少年が座っていた。女性と少年は、どちらもくたびれた旅装に身を包んでいる。

ふいに、黒髪の女性の視線がレティーシャへと向けられた。

彼女はレティーシャより幾分か年上に見える、とても綺麗な女性である。簡素にまとめられた黒髪は豊かで、丁寧に梳《くしけず》って結い上げればさぞ美しく輝くだろうと思われた。

意志の強そうな瞳は黒褐色。ぽてっと厚い唇は赤く、何とも色っぽい。さらに旅装の上からもわかるほど胸が大きく、どことなく婀娜《あだ》っぽい雰囲気を持っている。

そんな彼女はレティーシャを見るなり、ふっと勝ち誇ったように笑った。

(え……？)

女性の笑顔の意味を図りかね、レティーシャは微かに首を傾げる。

「急に呼び立ててすまなかったな、レティーシャ。さあ、こちらに座りなさい」

「はい」

義両親の前に座る黒髪の女性と金髪の少年は、いったい何者なのだろうか。

戸惑いつつ、レティーシャはチャールズに言われるまま一人掛けの椅子に腰かける。

するとそのタイミングで、黒髪の女性が口を開いた。

「この方が、アーノルド様の奥様……なのですね？」

彼女の問いは義両親に向けられたものだったが、その視線はレティーシャを捉えている。

「ああ。レティーシャ、こちらの女性は……」

「はじめまして、奥様。あたしはヴェロニカ・ガーランド。ノールズの町で、アーノルド様……『旦那様』のお世話になっていた者です」

チャールズの言葉を遮って、黒髪の女性ヴェロニカが名乗りを上げた。

その無礼な態度に、チャールズがわかりやすく眉を顰《ひそ》める。

そしてレティーシャもまた、彼女の言動に困惑を隠せなかった。

「お世話……？」

それは、いったいどういう意味なのだろう。

「ええ、それはもう、とてもとてもよくしていただいておりましたの」

ヴェロニカは赤い唇をにっと吊り上げ、意味深に笑った。

「それから、この子はエミール。五歳です。エミールは、あたしと旦那様……アーノルド様との間に生まれた、可愛い一人息子ですわ」

「……えっ？」

彼女の言葉に、レティーシャは氷の刃で身体を貫かれたような衝撃を受ける。

大人しく長椅子に座っている金髪の少年――エミールが、アーノルドの息子？

では、ヴェロニカは……。ノールズの町で「世話になっていた」と、「とてもよくしていただいていた」と言う彼女は、アーノルドの……

(……愛……人……?)

「嘘……」

嘘だ。そんな相手がいたなんて、レティーシャは知らない。何も聞いていない。

――けれど、改めて見てみれば、エミールの髪も緑の瞳も確かにアーノルドと同じ色だった。そしてその顔立ちも、亡き夫の面影を宿している。

「まさか、そんな……」

「レティーシャ……。彼女の言っていることは、おそらく真実だ。これを……」

呆然とするレティーシャに、チャールズが一通の手紙を渡す。先ほどまでテーブルの上に置かれていた便りの封蝋《ふうろう》には、ブラウン伯爵家の印章が捺《お》されていた。

先に義両親が検《あらた》めたのだろう。開封済みの封筒から数枚の便箋《びんせん》を取り出すと、そこには見覚えのある夫の筆跡でヴェロニカとエミールのことが書かれていた。

それによるとヴェロニカは元娼婦で、アーノルドが身請けし、ノールズの町に家を構えて愛人として囲っていた女性らしい。

彼女との間に生まれたエミールは間違いなく自分の息子であり、自分にもしものことがあった場合には二人を頼むと、義両親……そして妻であるレティーシャに宛てて書かれていた。

（…………っ）

「レティーシャ……」

血の気の引いた顔で手紙を見つめるレティーシャに、それまで黙っていた義母ドーラがおずおずと声をかける。

「ヴェロニカはアーノルドにこの手紙を託されて、もしもの時は私達を頼るよう言われていたのですって」

アーノルドが戦死したあと、ヴェロニカは彼の言葉に従い、荷物をまとめて王都のブラウン伯爵邸を目指した。

そしてこれからは、この屋敷で世話になりたいのだという。

ヴェロニカとエミールが突然訪ねてきて、義両親はとても驚いたらしい。当然、最初は金目当ての騙《かた》りなのではないかとも疑った。

しかし息子の筆跡で綴《つづ》られ、ブラウン伯爵家の印章で封蝋を施された手紙と、幼いころのアーノルドによく似たエミールの存在は、ヴェロニカの言葉が真実であることを示す何よりの証だった。

「まさか息子が、私達に何も言わず女を囲っていたとは……」

こんな手紙ではなく、直接相談してくれていたらと、チャールズは唸る。

「…………」

だがレティーシャは、二人の話を聞いてなお、信じられない思いでいっぱいだった。

未だ愛する夫の死の悲しみを乗り越えられぬうちに、彼の不貞《ふてい》を知ってしまったのだ。心が受け止めるには、あまりにも辛すぎる現実だった。

レティーシャは、菫色の眼差しをゆっくりと母子に向ける。

自分にはない女の色香を身に纏い、亡き夫の寵愛を受け、彼の子どもを産み育てた美しい人。そして、アーノルドの面影を宿す愛らしい少年。

二人を見ているだけで辛く、胸が苦しくてたまらなくなる。

夫の愛人と隠し子の存在など、心穏やかに受け入れられるわけがない。

けれど……

(エミールは、アーノルド様の血を引くたった一人の子ども。そしてヴェロニカは、エミールの母親……)

そして亡きアーノルドが、自分と義両親にそのあとを託した存在だ。

そんな彼らを、他に頼るところがないという二人を、冷たく追い返すわけにはいかないだろう。それではアーノルドの遺志を踏みにじることになる。

あるいはこの屋敷の後継として、エミールだけを引き取ることもできるのだろうが、まだ五歳の幼い子どもを、生母と引き離すのは忍びない。

レティーシャ一人がこの屋敷を出て実家に戻る道も頭を過《よぎ》ったが、そうなっては父がブラウン伯爵家への援助を断ち切るかもしれない。それでは義両親と伯爵家の使用人達が路《ろ》頭《とう》に迷うことになり、結果、ヴェロニカとエミールを世話するどころではなくなる。

さりとて、二人のために別宅を用意し、使用人を配して養っていくだけの余裕は、今のブラウン伯爵家にはない。たとえレティーシャが騎士達へ見舞金を送ることをやめ、持参金の全てを充てたとしても、エミールが成人するまで別宅の暮らしを維持してやることは難しいだろう。

「……わかりました」

なら、自分一人が耐えればいいのだ。そうすればアーノルドの遺志は果たされ、義両親も可愛い孫を得られる。レティーシャが抱かせてあげられなかった、彼らの血を引く孫を。

だから彼女は決断した。

二人の存在を、アーノルドに裏切られていたという事実を、身を切られるような思いで呑み込んで。

「ヴェロニカとエミールには、今日からこの屋敷で暮らしてもらいましょう」

レティーシャは持っていたアーノルドの手紙を折り畳《たた》み、義両親に告げる。

その言葉は、今にも泣き出しそうなほど震えていた。

けれど彼女は懸命に声を絞り、口元に笑みを浮かべて言葉を続ける。

「ああ、そうだわ。エミールの世話役を、早めに手配しなければなりませんね」

今この屋敷で働いている使用人達だけでは、幼子の面倒を見るのに少々心もとないから。

別宅を構えることはできなくとも、使用人をあと一人か二人増やすくらいなら、なんとかなるだろう。

「レティーシャ……！」

彼女が二人を受け入れると言った瞬間、ドーラは安堵の表情を浮かべた。

そしてチャールズも、レティーシャがそう言ってくれるならと、賛同の意を示す。

（ああ、そう……よね）

彼らにとって、アーノルドに隠し子がいたことは幸いなのだ。

無理もない。義両親――特に義母は、このままでは遠縁に後継の座を持っていかれると危惧していたのだから。

でもレティーシャは、心が痛かった。

隠しきれない喜色を滲ませてエミールに話しかける義両親を見ていると、夫だけでなく義両親にまで裏切られたような心地がしたのだ。

（いいえ……）

レティーシャは、そんなふうに考えた自分を恥じる。

義両親にとって、エミールは血の繋がった孫なのだ。レティーシャには生すことができなかった、アーノルドの子ども。その存在を喜んで、共に暮らせることを嬉しく思って、何の咎があるだろう。

むしろ自分こそ、エミールという忘れ形見をブラウン伯爵家にもたらしてくれたヴェロニカに感謝しなければならないのではないか。

（ええ、そうよ……）

アーノルドの妻としてできることはなんでもしたいと、シーザーに語ったばかりではないか。ヴェロニカとエミールの面倒を見ることだって、妻として託された大事な務めだと、レティーシャは自分に言い聞かせる。

そんなふうに善人ぶっている自分に自己嫌悪を覚えつつも、傷つき、ひび割れた彼女の心は、そうやって義務感で雁字搦《がんじがら》めにしておかないと、今にも砕《くだ》けてしまいそうだった。


かくしてアーノルドの愛人ヴェロニカとその息子エミールが、ブラウン伯爵邸に身を寄せることになった。

応接間での邂逅《かいこう》のあと、レティーシャは義両親にヴェロニカ達の相手を任せ、ケイデンスに二人の部屋を用意するよう言いつけると、まだやらなければならない仕事が残っているからと言って、応接間を離れた。

その後書斎に籠もったレティーシャは、そこで伯爵家の財政状況を改めて見直し始めた。

家族が増えれば支出も増える。また新しい使用人を雇うにあたって、どれくらいの給金を用意できるか、何人までなら雇えるか、算出する必要があった。

それに、ヴェロニカとエミールはあまり荷物を持っていなかったようなので、衣服や身の回りの品などを早急に揃えてやらねばならない。

エミールの教育についても考える必要があるだろう。あの子は伯爵家の後継となるのだ。相応の知識や教養を身につけさせなくては。

自分に家庭教師がつけられたのはいくつの年からだったろうかと思い返しながら、レティーシャは思案に暮れた。

やるべきことがあるのはいい。それに打ち込んでいる間は、悲しみや苦しみから目を逸らすことができる。

そうして諸々の計算をこなしているうちに、気づけば夜の帳が下りていた。

（いけない、もうこんな時間……）

そういえば先ほど、夕餉《ゆうげ》の支度が調ったと侍女が呼びに来た気がする。

レティーシャは帳簿を閉じ、机上の書類を軽く整理してから、ランプの灯りを消して書斎を出た。

義両親を待たせてしまっただろうか。そう案じつつ一階の食堂に向かうと――

「あらまあ！　エミールもそら豆が苦手なのね。アーノルドとそっくりだわ！」

「ええ、そうなんですの。そら豆のスープを作ると、旦那様にもこの子にも渋い顔をされましたわ。ふふっ、でも、文句を言いつつ二人とも残さず食べてくれるから、ついたくさん作ってしまって」

「そうだったのか、あのアーノルドが……。エミール、好き嫌いはいけないぞ。なんでも食べて、お前の父のように大きくならなければな」

「はい、おじいさま」

食堂ではすでに義両親とヴェロニカ達が食事を始めていたらしく、賑やかな談笑の声が廊下にまで聞こえてきていた。

「…………」

彼らの楽しげな様子に疎外感を覚えたレティーシャは、そっと踵《きびす》を返す。

あの輪の中に入っていく勇気は、今の彼女にはなかった。すっかり打ち解けた様子の彼らの声を聞くだけで胸が重く塞《ふさ》ぎ、苦しくなる。

レティーシャは厨房に立ち寄り、そこにいた使用人達に「食欲がないので、夕餉はいらないわ。せっかく用意してくれたのにごめんなさい」と謝ってから、二階に戻っていく。

すでに事情が知れ渡っているのだろう。レティーシャを見る彼らの表情は、気の毒な女主人への同情に満ちていた。

そんな視線すらも今は辛く、足早に寝室を目指す彼女はふと足を止める。

（……そういえば……）

シーザーとお茶をしようと持ち込んだティーセットを、まだ片付けていなかった。

ふいにそれを思い出したレティーシャは、彼の客室へ向かう。

コンコンと扉をノックして声をかけ、入室の許しを得てから中に足を踏み入れると、彼はちょうど上半身を起こし、料理の載ったトレイを膝に置いて、食事をとっている最中だった。

（あ……）

レティーシャが片付けなければと思ったティーセットは、とっくになくなっていた。ケイデンスが片付けさせたか、夕食を持ってきた使用人が持っていったかしたのだろう。

あれからもう何時間も経っているのだ。少し考えればわかりそうなものなのに、自分はいったい何をやっているのだろうと、レティーシャは自嘲《じちょう》の笑みを浮かべた。

「レティーシャ様……？」

いつものように椅子に座るでもなく、扉の前に立ったまま押し黙った彼女に、シーザーが声をかける。

レティーシャははっとして、「ご、ごめんなさい」と口を開いた。

「お皿を下げようと思ったのだけれど、少し早かったわね」

来室の理由をそう誤魔化す。とっくに片付けられていたティーセットを取りに来たなんて、なんだか恥ずかしくて彼には言えなかった。

「あとでまた取りに来させるわ。お邪魔してごめんなさい」

そう言って、レティーシャはドアノブに手をかける。

「待ってください、レティーシャ様」

「シーザー様……？」

呼び止める声に振り向けば、彼は眉間に皺《しわ》を寄せ、険しい表情でレティーシャを見ていた。その蒼い眼差しにはいつも以上に深い憐れみの色があって、彼女の胸をぎゅっと締め付ける。

ああ、そうか。彼はもう知っているのだ。

今日、レティーシャの身に起こったことを。

「ケイデンス殿に聞きました。その……ヴェロニカ達がこの屋敷へ来たそうですね」

珍しいことに、今宵は下女達に代わり、老執事がシーザーの夕食を運んできたのだそうだ。その時に彼から、ヴェロニカ達の話を聞いたのだという。

「ええ、今日から彼女達もこの屋敷で一緒に暮らすことになったわ。……ねえ、シーザー様。あなたは、ヴェロニカとエミールのことを前から知っていたの……？」

「……っ」

気まずげに目を伏せるその反応が、何よりの答えだった。

「そう、なのね……」

彼はアーノルドの部下として、共に北の国境砦で暮らしていたのだ。上司の愛人や隠し子の存在を知っていても、何の不思議もない。

「申し訳ありません。いつかはお話ししなければ……とは、思っていたのですが……」

「謝らないで。きっと、私のために黙っていてくれたのでしょう？　気を遣わせてしまって、こちらこそごめんなさい」

「そんな、レティーシャ様は何も悪くありません。悪いのはあなたを裏切った師団長だ」

「シーザー様……」

「あのおと……いえ、あの方は陰で愛人を囲い、あなたを苦しませ、悲しませた。その点だけは絶対に許せません」

アーノルドに対する憤りを滲ませて、低く唸るように彼は断じる。

「あなたという、素晴らしい女性を妻に迎えておきながら、あんな女と……っ」

(シーザー様……)

何故だろう。使用人達から向けられる同情の視線は、ただ辛いだけだったのに。

シーザーの言葉は傷ついた自分の心にまっすぐ届き、寄り添ってくれる。

彼は、ともすれば何事も自分を責めがちなレティーシャに、「あなたには何の非もない」ときっぱり言ってくれた。上官であるアーノルドの所業を、「許せない」と断じてくれた。

自分のために言葉を尽くし、自分の代わりに怒ってくれる人がいる。

それだけで、挫けかけていた心に力をもらえたような気がした。

「……ありがとう、シーザー様」

「レティーシャ様……」

しかし、これ以上彼に気を遣わせるのが忍びなく、彼女は無理やりに笑顔を作り、「もう大丈夫よ」と嘘を吐く。

「とても驚いたし、ショックだったけれど……。でも、仕方のないことだわ。アーノルド様はもう何年も家族と離れて、北の国境砦にいたのですもの」

半ば自分に言い聞かせるように、レティーシャは呟いた。

男盛《おとこざか》りの夫が別の女性に癒やしを求めるのは、きっと無理からぬことだったのだろう。

それに、遠方に駐屯《ちゅうとん》する騎士が現地で愛人を囲うのは、よく聞く話だった。

ただ……

（アーノルド様は、きっと私と結婚する前から、ヴェロニカと関係があったのね……）

現在五歳だというエミールの年齢から逆算すると、二人の関係はレティーシャとの結婚前から始まっていたのだと察せられる。

結婚式の翌日、予定よりも早く戻っていったのも、もしかしたら愛人に会うために……

（いいえ、いいえ……）

レティーシャは、脳裏を過った考えを慌てて否定する。

アーノルドはあの時、砦に残してきた部下達が心配なのだと言っていた。彼が自分達家族に嘘を吐いてまで愛人に会いに行ったなんて、疑いたくない。

それにアーノルドは言ってくれたではないか。自分を愛していると。

手紙にだって、何度も何度も自分に対する愛の言葉を綴ってくれた。

心の籠もった贈り物をいくつも送ってくれたではないか。

そして最期には、『すまなかった、レティーシャ。……愛している』と言葉を残してくれた。

今思えばあの『すまなかった』には、レティーシャ達家族を置いて先に逝くことだけでなく、ヴェロニカ達のことも含まれていたのかもしれない。

とにかく、レティーシャはアーノルドの愛を疑いたくなかった。

確かに彼は愛人を持ち、彼女との間に子まで生していたけれど。きっと、自分のことも妻として愛してくれていたはずだ。

(だから、私は大丈夫。ヴェロニカやエミールとも、一緒に暮らしていけるわ)

「エミールは、とても可愛い子ね。アーノルド様にそっくり。この家の跡継ぎがいてくれて、本当によかったと思っているの。義両親も、とても喜んでいるし……」

レティーシャはそう言って微笑んだ。いや、微笑んだつもりだった。

彼女の口元は、にっこりと微笑んでいる。けれど菫色の瞳からは、堪えきれなかった涙がぽろぽろと、まるで真珠のような玉となって零れていた。

「あ、あら……？　どうしたのかしら、私ったら」

レティーシャは慌てて涙を拭った。しかしそれは何度拭っても、次から次へと溢れてきて止まらない。

「レティーシャ様……っ」

「あ……っ」

気がつくと、彼女はいつの間にかこちらに歩み寄っていたシーザーの胸に抱かれていた。

そうだ、彼はもう杖があれば歩けるほどに回復していたのだった。ただし今は杖の代わりに壁を伝って歩いてきたようで、手に杖はない。シーザーの両手はしっかりと、レティーシャの華奢な身体を抱き締めていた。

「そんな痛々しい顔で、無理して笑わなくていい」

「シーザー……様……？」

「泣きたいだけ、泣いてください。心に溜め込まず、恨み言でもなんでも、吐き出してください。俺が、全部受け止めますから」

「違う、違うの」

「今のままではあなたが壊れてしまいそうで、見ていられない」

そう訴える、彼の言葉があまりにも優しかったから。

自分を心配げに見つめる、彼の瞳がとても温かかったから。

「つあ……」

レティーシャはシーザーの厚意に甘え、彼の胸に縋りつき、思うまま泣き明かしたくなった。でも——

それは、いけないことだ。

夫を亡くしたばかりの身で、若い男性の胸に抱かれて涙を流すだなんて。そんなはしたない振る舞いは許されない。

「ごめんなさい……っ」

レティーシャはとっさにシーザーの胸を押しのけ、彼の腕から逃れた。

「情けない姿を見せて、気を遣わせてしまって、本当にごめんなさい。私なら、大丈夫。もう、本当に大丈夫だから……」

彼女はそうまくし立てると、シーザーの反応を待たず客室を出る。

そして足早に、自分の寝室へと向かった。

「……っ」

彼に抱き締められた時の感覚が、まだ身体に残っている。

（シーザー様……）

どうして彼はあんなふうに優しく、自分を抱き締めてくれたのだろう。

自分がみっともなく泣いてしまったから、見るに見かねて慰めてくれたのだろうか。それとも……

いつの間にか、涙は止まっていた。

でも、レティーシャの心はさらに千々に乱れ、落ち着かない。

「私は、どうしてしまったの……」

そして、これからどうすればいいのだろう。

けれど彼女以外誰もいない寝室に、その答えをくれる人がいるはずもなかった。

第三章　愛人と隠し子

夫を亡くした悲しみも癒えぬまま、レティーシャは愛人母子と同じ屋敷で共に暮らすことになった。二人がこの屋敷にやってきてから、早いものでもう二週間の時が流れている。複雑な思いを抱くものの、レティーシャはヴェロニカとエミールが早く新しい暮らしに馴染めるよう心を配った。

しかし、そんなレティーシャの気遣いをありがたがるような殊勝さをヴェロニカは持ち合わせてはいなかった。彼女は最初こそ義両親や使用人達に対して人当たり良く接していたものの、すぐにその本性を現した。

ヴェロニカはまず、手持ちの衣服が少ないだろうからとレティーシャが用意した喪色のドレスを「地味」「安っぽい」「趣味が悪い」と言って突き返し、仕立屋を勝手に呼びつけて、新しいドレスを何着も作らせた。

『あたしは旦那様の愛人であって、妻じゃないもの』

そう言って喪の色を拒み、あれこれと注文をつけて派手に仕上げたドレスは、今のブラウン伯爵家には手痛い出費である。

しかし浪費を控えるようレティーシャがやんわりと注意すると、ヴェロニカは「あたしが愛人だから意地悪をするのね！」「汚い中古のドレスを着せて、あたしを笑い者にするつもりなんでしょう！」と大声で騒ぎ立てた。

もちろんレティーシャにそんな意図はなかったが、ヴェロニカは聞く耳を持たない。

結局、義両親からの取りなしもあり、その時は仕方なくレティーシャが折れ、ヴェロニカのドレス代を払った。ただし、豪華なドレスを買えるのは今回限り。意地悪で言っているのではなく、今の伯爵家の懐には本当に余裕がないのだと釘《くぎ》をさして。

そうして女主人であるレティーシャよりも豪華なドレスに身を包んだヴェロニカは、使用人達に対して高慢に振る舞い、ささいな用事を言いつけてはちょっとした失敗にも目くじらを立て、声高に責め立てるので、今ではすっかり敬遠されている。

さらにヴェロニカは、自分はこの家に貴重な後継をもたらしたのだからと、財布の紐が堅いレティーシャではなく義両親――特に押しに弱いドーラに小遣いをせびり、買い物だの芝居見物だのと、連日のように街へ繰り出しては遊び回っていた。

その間、息子のエミールはレティーシャや新しく雇った世話役に押しつけっぱなしである。彼女が屋敷にいない方が平和でいいと使用人達はよく囁き合っているのだが、レティーシャはヴェロニカの奔放《ほんぽう》な振る舞いに頭を悩ませていた。

一方、エミールは母親とは反対に、気性の優しい子どもだった。母親が傍にいなくても我儘一つ言わず、大人の言うことをよく聞く。

その幼子らしからぬ態度に、もしかしたらこの子は前々から母親に放っておかれたのかもしれないとレティーシャは切なくなり、不在がちなヴェロニカに代わり、よくエミールの面倒を見た。

最初は、アーノルドの面影のあるエミールを前にすると胸が痛んだが、だんだんと自分に心を開き、懐いてくれる彼を、今では心から可愛く思う。

「レティーシャさま」と、あどけない声で自分を呼び、慕ってくれるエミールを見ていると、かつてよく手伝いに行った教会の孤児達を思い出す。

レティーシャは結婚を機に聖ロザリンド教会へ通うのをやめていた。仮にも伯爵夫人が平民に交じって手を汚すのはいかがなものか、そんな暇があるのなら義両親の相手や社交に専念してくれと、アーノルドに反対されたのである。

実家を通して寄進は続けているけれど、あの教会の孤児達はみんな元気でやっているだろうか……。

「レティーシャさま？」

物思いに耽《ふけ》っていたレティーシャはエミールに名を呼ばれ、はっとする。

そうだった。今は子ども部屋で、エミールに絵本の読み聞かせをしていたのだった。

「ごめんなさい、エミール。今、続きを読むわね」

「はい」

エミールは真剣な眼差しを本に向けた。彼は絵本が大好きで、いつもきらきらと目を輝かせて物語に聞き入ってくれるのでやりがいがある。

この調子なら、読み書きを覚えるのもきっと早いだろう。

そんなことを思いつつページをめくると、突然ノックもなしに子ども部屋の扉が開いた。

レティーシャとエミールは驚いて、部屋の入り口に目を向ける。するとそこには、王都の街へ出かけていたはずのヴェロニカが立っていた。

「あら、エミール。奥様に絵本を読んでもらっていたの？　よかったわねえ。でも、大丈夫？　意地悪されたりしてない？」

派手な化粧を施したヴェロニカは、赤い唇をニッと歪ませ、猫撫で声で息子に問いかける。

エミールは、母の言葉をおずおずとだが否定した。

「しない、よ。レティーシャさま、やさしい」

「エミール……」

レティーシャが「ありがとう」と髪を撫でると、エミールは面映ゆそうに微笑んだ。

その表情には、レティーシャに対する好意がはっきりと滲んでいた。彼は生みの親であるヴェロニカから得られない母の愛情を、レティーシャに感じているのかもしれない。

だが、ヴェロニカはそんな息子の態度が気に入らないのだろう。忌々しげに舌打ちしたあと、嫌みをぶつけた。

「まあまあ、奥様は子どもを産み育てた経験がないのに、ずいぶんと子どもの心を摑むのがお上手ですのねぇ？」

「……っ」

アーノルドとの間に子どもを儲けられなかったことを揶揄《やゆ》され、レティーシャの心がツキンと痛む。

しかし、今ここでヴェロニカと言い争うつもりはない。不安げにレティーシャと母のやりとりを見ているエミールにちらりと視線を向け、レティーシャは口を開いた。

「そんなことより、用件は何かしら？　エミールの様子を見に来たの？」

ヴェロニカは、自分の嫌みをあっさり聞き流されたと思ったのだろう。不満そうな顔で、

「エミールの養育は子守りの得意な奥様にお任せするわよ」と唇を尖らせた。

「それより、ちょっとお金を用立ててくださらない？　手持ちがなくなってしまったの。今日は気前良く奢ってくれる殿方も捕まえられなかったのよねぇ」

「ヴェロニカ……！」

幼い子どもの前でする話ではないと、レティーシャは彼女を咎める。

しかしヴェロニカは口を噤《つぐ》もうとせず、自分がいかに王都の男達から持て囃《はや》されているか、いかにして羽振りの良い男を捕まえているかを得意げに語り出したので、レティーシャは場所を変えることにした。

「ごめんなさいね、エミール。少しだけ待っていて」

「うん……」

不安そうな顔をするエミールを一人残し、レティーシャはヴェロニカと部屋を出て少し離れた場所に彼女を誘導した。

「エミールの前であんな話をしないで。そもそも、子どもを置いて遊び歩くのも感心しないわ」

「大丈夫よ。あの子は慣れているもの」

「慣れているって、そういう問題じゃ……」

「はいはい、わかった、わかったわよ。これからは控えるわ。……本当に、奥様っていい子ちゃんよねぇ。つまらない」

「ヴェロニカ……」

「そんなことより、お金を用立ててくださるの？　くださらないの？」

「何度も言っているけれど、我が家の財政には余裕はないの。もう少し控えて……」

「ああ、もう！　あれも駄目これも駄目！　旦那様はあたしにこんな窮屈《きゅうくつ》な思いをさせなかったわ！　奥様は愛人のあたしが気に入らないから、こんな意地悪を言うのね！」

「違うわ、ヴェロニ……」

「あたしは、旦那様の子どもを、この家の跡取りを産んであげたのよ!?　あんたができなかったことを、代わりにやってあげたの！　もっと感謝したらどうなの!?」

レティーシャの言葉を遮り、ヴェロニカががなりたてる。

「あたしは何年も何年も、名ばかりの妻のあんたに代わって旦那様に尽くしてきたのよ！」

(名ばかりの……妻……)

ヴェロニカの言葉が心に突き刺さり、胸が苦しくなる。――と、その時。第三者の声が、二人の間に割り込んできた。

「ただの愛人風情が、何を偉そうなことを。レティーシャ様がお優しいからといって、つけ上がるのもいい加減にしろ」

低く唸るような声でヴェロニカを詰《なじ》ったのはシーザーだった。

このころにはもうシーザーは杖がなくても歩けるまでに回復していて、傷に障らない範囲で屋敷の細々とした仕事を請け負ってくれていた。レティーシャ達のいる二階の廊下まで階段で上がってきたところを見るに、雑事を終え、自分の部屋へ戻る途中だったのだろう。

彼はゆっくりとこちらへ歩み寄ると、レティーシャが今まで見たことがないほど冷たい、凍《こご》えるような眼差しをヴェロニカに向けた。

「な、何よ……っ！　あんた、旦那様の部下だったんでしょう？　あたしは、その旦那様に寵愛されていたのよ!?　そのあたしにそんな口をきいて、許されると思っているの!?」

「馬鹿を言うな。お前のような分もわきまえない恥知らずに許してもらう必要はない！」

「なんですって!?」

シーザーは、今にも彼の胸倉に摑みかかりそうな勢いのヴェロニカに侮蔑《ぶべつ》の眼差しを向け続ける。

「やめて二人とも！」

レティーシャは彼らの間に入り、二人の言い争いを止めた。

こんな大声で激しく罵《ののし》り合っては、エミールの耳にも届いてしまうかもしれない。もっと離れた場所を選ぶべきだったと悔やみつつ、レティーシャは自身の耳に手を伸ばし、そこに着けていた小ぶりの耳飾りを外した。

それは結婚前から使っていたもので、銀細工の土台に真珠が一つずつ使われていた。大金とまではいかなくとも、小遣いとしては十分な値がつくだろう。

「この耳飾りをあなたにあげるわ。だからもうやめて」

「レティーシャ様っ！」

「フンッ、最初っから素直に渡していればいいのよ。あー、気分が悪い。今日はもう帰らないから、エミールの面倒をちゃんと見ておいてよね」

ヴェロニカはレティーシャの手から奪うように耳飾りを掴み、そそくさと階段を下りていった。

レティーシャは、二人の罵り合う声を聞かなくて済むとほっとした一方、物を与えて追い払うような解決方法しかとれなかった自分を恥じ、落ち込む。ヴェロニカが来てからずっと、どうしてもっと上手く立ち回れないのだろうと思うことばかりだ。

「……ごめんなさい、シーザー様。あなたにも嫌な思いをさせてしまったわね」

「レティーシャ様、どうしてあんな女に……」

「そんなふうに言わないであげて。彼女もきっと、アーノルド様を亡くして寂しいのよ」

「あいつはそんな殊勝な女じゃないですよ。この家の女主人はレティーシャ様、あなたです。あんな愛人など、追い出せばいいんだ」

シーザーは憤懣《ふんまん》遣《や》る方ないといった様子で、ヴェロニカが去った方を睨《にら》んだ。

確かにヴェロニカがいなければ、自分はもっと心穏やかな生活を送ることができるだろう。

ヴェロニカは自分に対し、はっきりとした敵意を持っている。今日のように嫌みを言われたり、罵られたり、時にはアーノルドとの惚気《のろけ》話を聞かされ、当てこすりをされることも度々あった。

夫と愛人の閨事なんて聞きたくないのに、ヴェロニカはレティーシャが傷つくのがわかって、あえて口の端に上らせるのだ。

伯爵家の財政状況を顧《かえり》みず浪費を繰り返されるのも困るし、使用人達からも不平不満が上がっている。でも……

「エミールから、母親を奪うわけにはいかないもの」

「レティーシャ様……」

彼女はエミールにとって、血の繋がった実の母親なのだ。

そして、亡き夫から託された相手でもある。

「……わかりました。しかし、それならなおのこと、ヴェロニカには毅然《きぜん》と接した方がいい。あの手の人間は、下手に出れば出るほど増長します。愛人としての立場をしっかりわきまえさせないと」

「……ええ、これからは気をつけるわ」

もちろん、レティーシャもこのままでいいとは思っていない。なんとか言葉を尽くし、ヴェロニカに奔放な振る舞いを改めてもらわなくては。

「…………」

けれど、彼女にわかってもらうまでにどれだけ言葉の刃を向けられるかと思うと、心が竦《すく》む。それにレティーシャは、昔から人に対して強い態度に出ることが苦手なのだ。果たして、シーザーの言うように『立場をわきまえさせる』ことができるのか。

「……っ」

レティーシャは気鬱《きうつ》に沈み、表情を曇らせる。

すると言いすぎたかと思ったのか、シーザーが慌てた様子で何かを言いかけ、トラウザーズのポケットを漁《あさ》り出し、何かを取り出して彼女に差し出した。

「シーザー様……？」

「先ほどは言いすぎました。申し訳ありません。そのお詫びというわけではありませんが、これを……」

彼の掌の上に、小さな木彫りの兎《うさぎ》がちょこんと乗っていた。

「まあ、可愛い……」

「レティーシャ様にさしあげようと思って、空いた時間に彫っていたんです。少しでも、慰めになればと」

「シーザー様……」

彼は自分のために、この兎を彫ってくれたのか。

「あなたが先ほど手放した、真珠の耳飾りには遠く及びませんが」

レティーシャはそっと、木彫りの兎を受け取る。どことなくひょうきんな表情の兎が自分を見上げ、「元気を出して」と語りかけている気がして、胸がじんわりと温かくなった。

シーザーの優しさをそのまま形にしたような、素朴な兎の人形。それは真珠の耳飾りよりもずっと価値のあるものに思えた。

「ありがとう、シーザー様。とても嬉しい……」

レティーシャは兎を見つめ、彼の心遣いに感謝する。

シーザーはいつも自分を助けてくれる。今日のように、ヴェロニカに嫌みを言われる場面に出くわせば必ず庇《かば》ってくれるし、傷ついたレティーシャの心を慰め、励まそうとしてくれる。

だからか、レティーシャはついシーザーを頼りにしてしまうのだ。

(……でも、いつまでもシーザー様に甘えていてはいけないわ……)

療養のため逗留している彼を家内の問題に巻き込むのは心苦しい。シーザーは遠からずこの屋敷を去る人なのだ。

いつまでも彼を頼っていてはいけない。自分一人で悲しみを乗り越えなければならないし、ヴェロニカとも上手く向き合っていかなければならない。

「レティーシャ様……？」

……そう、思うのに。心強くあらねばと、思うのに。

シーザーがこの屋敷から出ていく。自分の傍からいなくなると思うだけで無性に心細く、レティーシャは荒野に一人置き去りにされたような心地を覚えるのだった。

自分はいつから、こんなにも弱くなってしまったのだろう。

「ごめんなさい、ぼうっとしてしまったわ。この兎、本当にありがとう。大切にするわね。……エミールが待っているから、もう戻らなくちゃ」

レティーシャはそう言って、まだ物言いたげなシーザーを残し、子ども部屋へと戻った。


レティーシャがヴェロニカに耳飾りを渡してから、数日後のこと。よほど良い値で売れたのか、新たに小遣いを無心してくることもなく、ヴェロニカはお気に入りのドレスを身に纏い、街へ出かけていった。あの様子では、今日も夜遅くまで帰ってこないだろう。

「ねえ、エミール。今日は私と一緒に森へ行ってみましょうか」

母を見送るエミールがいつも以上にしょんぼりしているように見えたから、レティーシャは気晴らしにと、彼を散策に誘った。

王都の郊外にあるブラウン伯爵邸の裏手には小さな森があり、秋には多種多様なキノコが生える。今日は天気も良いし、キノコ狩りがてら秋の森を歩くのも楽しいだろうと思ったのだ。それから、パンや焼き菓子、飲み物などを用意して、森の中で昼食をとるのもいいだろう。

そう提案すると、エミールは興奮した様子で「いきたい！」と言った。

二人はさっそく厨房に行き、バスケットを二つ用意する。大きなバスケットには食べ物を詰め、小さなバスケットは森でキノコを入れるのに使うのだ。

「レティーシャ様、どこかへおでかけですか？」

エミールと二人、あれも入れよう、これも入れようとはしゃいでいたところ、シーザーが厨房に姿を現した。水差しを持っているから、水をもらいにきたのだろう。

「あのね、レティーシャさまともりにいくんだよ。いっぱいキノコとるの！」

エミールが目を輝かせ、レティーシャの代わりに答える。

シーザーはふっと柔らかな笑みを浮かべて、「そうか、よかったな」と少年の頭を撫でた。

ヴェロニカに対しては嫌悪の感情を剝き出しにするシーザーだったが、エミールにはとても優しい。そしてエミールも、そんなシーザーを好いているようだった。

「シーザーさまもいっしょにいこう」

「いいのか？」

「うん。いいよね？　レティーシャさま」

「ええ、もちろん」

　シーザーにとっても、身体を馴らすのにちょうどいい運動になるだろう。

　幸いにして、バスケットにはまだ余裕がある。シーザーはたくさん食べるだろうからと、エミールはレティーシャと一緒に、そこへどんどん食べ物を追加していった。

　重くなったバスケットはレティーシャが持っていくつもりだったのだが、シーザーがひょいっと奪ってしまう。代わりにレティーシャに与えられたのは、小さな空のバスケットだった。

「あっ」

「これくらい、俺には軽いものです。さあ、行きましょう」

　それから三人は風邪を引かないよう、外套をしっかりと着込んでから森へ向かった。

　裏庭を抜けると、森はもう目の前だ。

　今の時期、木の葉は鮮やかな黄色に染まり、見る者の目を楽しませてくれる。

　エミールはフカフカした落ち葉の感触を堪能するように踏み歩きながら、キノコを探してきょろきょろと視線を巡らせた。

「あ、あった！　あったよ、レティーシャさま！　シーザーさま！」

　木の根元に目当てのものを見つけたエミールは駆け寄って、二人を呼んだ。

　キノコの中には毒を持つものもあるから、大人が確認するまで手にとってはいけないという言いつけを忠実に守っているのだ。

レティーシャはシーザーと共にエミールの傍へ歩み寄り、「これは採っても大丈夫よ」と許可をする。

子どもの小さな手が恐る恐る伸びて、そっとキノコを採った。

「わあ……！」

エミールはまるで宝物のようにそれを掲げると、どことなく誇らしげな顔でレティーシャのバスケットに入れた。

「すごいわ、エミール。あなたはキノコを見つけるのがとても上手いのね」

「ああ、よく見つけたな。俺も気づかなかったぞ」

「えへへ」

大人二人に褒められて、エミールは面映ゆそうに目を細めた。その笑顔を見て、今日ここへ誘ったのは正解だったとレティーシャは思う。

すっかり気を良くしたエミールは、その後も森を歩き回り、次々とキノコを見つけていった。

小さなバスケットに、どんどんキノコがたまっていくのが嬉しいらしく、彼はますます張り切ってキノコを探した。

彼が採ったキノコは、屋敷の料理人が美味《おい》しく調理してくれるだろう。

レティーシャはそれを楽しみに思いつつ、エミールを追って森を歩いた。

エミールは時にはドングリ、時には綺麗な落ち葉へと移り気し、散策を続ける。今はシーザーに肩車をしてもらい、樹上の小鳥やリスの影を追っていた。

（……まるで、本当の父子みたいね）

それまで微笑ましく二人を見守っていたレティーシャの胸に、ツキンと痛みが走る。

アーノルドも、ノールズの町ではこんなふうにして、エミールやヴェロニカと家族の時を過ごしていたのだろうか……。

ふいの感傷に囚われたレティーシャは歩みを止め、俯《うつむ》く。

気まぐれな秋の風がひゅうっと吹き渡り、足元にあった枯れ葉を舞い散らせた。どこか物悲しいそんな光景を見ていると、ますます胸が切なくなる。

（駄目ね、私ったら……）

エミールの気晴らしにと思って森へ来たのに、自分が落ち込んでどうするのだ。

このままでは先を行く二人と距離が離れてしまうと、レティーシャが再び顔を上げたその時――

「レティーシャ様」

「レティーシャさま」

いつの間にか歩みを止めていたシーザーとエミールが、異口同音に彼女の名を呼び、振り返った。

「えっ」

二人の顔はどちらも葉っぱの仮面——大きな枯れ葉に、目と口の形をした穴を開けている——に隠されていて、レティーシャは目を丸くした。不格好に開けられた目と口の表情がとても滑稽《こっけい》で、彼女はつい、くすくすと笑い出してしまう。

「まあ、二人とも。いつの間にそんなものを作ったの？」

「えへへ。さっきシーザーさまがおしえてくれたんだ。ねえ、レティーシャさま、びっくりした？」

「ええ、とっても」

どうやら二人はレティーシャを驚かせようと、葉っぱの仮面を作ったらしい。

シーザーとエミールは仮面を外し、してやったりと笑い合う。

そんな子どもじみたやりとりが可愛いやら微笑ましいやらで、レティーシャの気鬱はいつの間にか吹き飛んでいた。

昼時になり、座るのにちょうどいい倒木を見つけたので、それを椅子にして昼食をとる。

厨房から持ってきたのはパンと野菜の酢漬け、チーズ、焼き菓子。飲み物はワインと、エミールのために用意した林檎《りんご》の果汁だ。歩き回ってお腹が減っていたせいか、森の中で食べるという特別感のせいか、レティーシャにはいつも以上に美味しく感じられた。

エミールやシーザーと共に過ごす時間はとても穏やかで、楽しくて……

レティーシャの心は久しぶりに安らいでいた。

お腹を満たしたあとは、キノコを探して再び散策を始める。

ところが、少々張り切りすぎてしまったのだろう。勢い良く駆け出したエミールが木の根に躓《つまず》き、盛大に転んでしまった。

「まあ、エミール！」

「うっ、うう……っ」

レティーシャは慌ててエミールのもとへと駆け寄った。見れば、落ち葉のおかげで衝撃は和らいだようだが、掌を軽く擦りむいてしまったようだ。

確かこの先に小さな泉があったはずだと、レティーシャは泣きべそをかくエミールを連れ、水場を目指す。湧き水で傷口をすすぐと、包帯代わりにハンカチを巻きつけ、おまじないを唱えた。

「『治れ、治れ、トカゲの尻尾。もし今日治らないなら明日治れ』」

この子の痛みがとれ、傷が早く治りますようにと、祈りを込める。

「……なあに？　それ」

するとエミールはきょとんと目を瞬かせ、レティーシャに問いかけた。

（ああ、もしかして……）

エミールはこれまで一度も母親や周りの大人から、こんなふうにおまじないを唱えてもらったことがないのかもしれない。

レティーシャは切なくなり、まだ幼い少年をぎゅっと抱き締めた。

「これはね、怪我が早く良くなるおまじないよ。痛いのも、すぐなくなるわ」

「そうなんだ……。ねえレティーシャさま、もういっかいやって？」

「ええ、いいわよ。『治れ、治れ、トカゲの尻尾。もし今日治らないなら明日治れ』」

抱擁《ほうよう》を解き、ハンカチを巻いた手に触れてもう一度唱えると、エミールは『なおれ、なおれ、トカゲのしっぽ。きょうなおらないならあしたなおれ』とおまじないの言葉を反芻《はんすう》した。そして嬉しそうに、「ぼくもおぼえたよ！」と言う。

「レティーシャさまがいたくなったら、ぼくがおまじない、となえてあげるね」

「まあ、エミール……。ありがとう。それならもう怪我をするのも怖くないわ」

エミールの頭を撫でながら言うと、彼ははにかんだ笑みを浮かべて「うん」と頷いた。

その時ふと顔を上げたレティーシャは、少し離れた場所から自分達を見守るシーザーが、泣き笑いにも似た表情を浮かべていることに気づいた。

（シーザー様……？）

彼はどうしてあんな切なげな顔で、自分達を見つめているのだろう。

レティーシャには、彼の方が痛みをとるおまじないを必要としているみたいに思えてならなかった。

「……大丈夫か？　エミール」

しかしそう思ったのも束の間、シーザーは何事もなかったかのような顔でこちらに歩み寄り、エミールに傷の具合を尋ねる。

その瞳にはもう、先ほど感じた愁いの影は見当たらなかった。

さっきのあれは、自分の気のせい……？

「うん、だいじょうぶ。レティーシャさまが、おまじないしてくれたから」

「そうか、よかったな」

シーザーはエミールの頭をくしゃっと撫で、にっこりと笑う。

それから向こうの木の根元を指差し、言った。

「あっちに、でかいキノコが生えていたぞ」

「えっ、ほんとう!?」

エミールは慌てて駆け出していく。

彼はその背に「もう転ぶなよ」と声をかけてから、レティーシャの方に向き直った。

「さあ、俺達も行きましょう、レティーシャ様。……おや」

「え……？」

シーザーが一歩こちらに踏み込んできて、彼の厚い胸板が間近に迫る。

抱き締められるのかと思って、レティーシャは動揺した。

「御髪《おぐし》に、落ち葉が……」

しかしどうやらそうではなく、レティーシャの髪に落ち葉がついていて、それをとってくれるつもりのようだ。

シーザーの手が頭に伸びる。あまりに近い距離にいつかの抱擁を思い出し、レティーシャの胸が騒いだ。

頬が熱く感じるのは、冷たい秋の風に長く晒されていたせい……だろうか。

「……とれました」

「あ、ありがとう、シーザー様」

礼を言い、間近に佇《たたず》む彼を見上げると、シーザーは蒼い瞳を眩しげに細め、レティーシャを見つめていた。

「どういたしまして。さあ、行きましょう」

彼はふっと微笑むと、彼女の手をとって歩き出した。

(あっ、手、手が……)

まさかシーザーと手を繋ぐことになるとは思わず、レティーシャは戸惑う。

なんだか妙に気恥ずかしい。

でも、自分より一回り以上大きな彼の手のゴツゴツと骨ばった感触や温もりは、決して嫌ではなくて……

ドキドキと落ち着かない気持ちになるのに、何故か離れがたい。

結局レティーシャは彼の手を振り払う理由を見つけられず、森を出るまで繋ぎ続けたのだった。

第四章　絶望の淵で

エミール達と森へ散策に出かけてから数日後。レティーシャは書斎で帳簿をつけていた。

「……ふう」

最後の数字を書き込んだレティーシャは、そっとため息を吐く。

実家であるオルコット子爵家から援助が続いているおかげで、今のところは伯爵家の体面を保つのに最低限の暮らしを送ることができている。しかしアーノルドという屋台骨を亡くした今、これから先のことを思うと心配は尽きなかった。

いつまでも実家に頼りきりでは、もし父の気が変わって援助が打ち切られればすぐに立ちゆかなくなる。国からはアーノルドの遺族年金が支払われるものの、それだけでは心もとないし……。

伯爵家の財政を立て直すのに、何らかの具体策を講じなければ。

生前のアーノルドは、騎士団で功績を挙げることで給金を稼ぎ、手放したかつての所領を買い戻す算段でいた。しかし彼の稼ぎは王都の家族、そしてアーノルド自身の生活費に消え、最後に得た報奨金も所領を取り戻すには額が足りなかった。

借金をしてでも所領を買い戻し、そこからの収入で細々とでも金を返しながら暮らしていくべきか。再び起業することや、他の事業に投資することも頭を過ったが、ブラウン伯爵家はそれで一度痛い目に遭っている。きっと義両親は反対するだろう。

（今度、実家のお父様に相談してみようかしら……）

ちなみにアーノルドの愛人と隠し子であるヴェロニカとエミールのことは、もう実家に知られている。変に隠し立てして他人の口から知られたら話がこじれるかもしれないと、レティーシャが自ら子爵家へ赴《おもむ》き、説明したのだ。

両親はアーノルドの所業にいたく腹を立て、レティーシャに実家へ戻るよう強く勧めてきた。

しかし彼女はそれを断り、伯爵家に残ってエミールを養育したいと告げ、これまでと変わらず援助を続けてくれるよう、父母に頭を下げたのだ。

今後の相談に行けばきっとまた実家へ戻るよう勧められるだろうけれど、素人の自分が一人で頭を悩ませても良案は出ない。その点、商売で成功を収めた父はとても頼りになる。

悩んだ挙句、実家に訪問をとりつける手紙を出そうと、レティーシャは伯爵家の紋章が入った便箋を取り出した。

その時、ノックもなしに突然扉が開く。

この屋敷でそんな失礼な振る舞いをする人間は、一人しかいない。

レティーシャは、またため息を吐き、椅子に腰かけたまま扉の方に視線を向けた。

「ヴェロニカ……。ちゃんとノックをしてちょうだい」

「ああら、ごめんなさい。急いでいたものだから、つい」

ヴェロニカはちっとも悪いと思っていない顔で、赤い唇をにっと吊り上げる。

「実は、手持ちのお金を使い切っちゃったのよ。今日は街で人と会う約束があるのに、これじゃ困るのよねぇ。この間みたいに、また用立ててくださらない？」

どうやらまた金の無心《むしん》に来たらしい。ちょうど伯爵家の財政に関して頭を悩ませていたところにこれかと、レティーシャはうんざりした。

「お金がないなら、前回と同じく宝飾品でもいいわよ。高く買ってくれる店があるの」

「……無理よ」

レティーシャはため息混じりに答える。

「もう何度も何度も言っているけれど、うちにそんな余裕はないの。あなたに渡せるお金や宝飾品はもうないわ」

「はあ？　嘘言わないでよ！　旦那様が死んだ時、国から金が出たんでしょう！　あたし知ってるんだからね！」

ヴェロニカは激昂し、がなりたてた。

「それにあんたの実家、かなり裕福だって言うじゃない。金がないなら実家におねだりすればいいでしょ？　旦那様を金で買った時みたいに！」

彼女の言葉は痛みを伴ってレティーシャの胸に降り注ぐ。

「そんな、私はアーノルド様をお金で買ってなんて……」

「フンッ、援助を条件に婚約をとりつけたんだから、金で買ったのと同じよ！」

「……っ」

ヴェロニカに大声で責め立てられ、レティーシャはびくっと肩を揺らした。彼女の言葉はいつだってレティーシャの弱みや負い目をつき、心を引き裂く。

確かに、アーノルドが自分と婚約したのは子爵家からの援助を受けるためだった。それはお金のための結婚と言ってもいいだろう。

だがそれは、レティーシャの父がブラウン伯爵家を助けるために申し出たことで、決して彼を金で買おうなんて意図があったわけではない。

レティーシャは遅れてそう言い返そうとしたが、それを遮るように、ヴェロニカが激しくまくし立てた。

「アーノルド様だってそうおっしゃっていたわ！　自分は親に売られたんだって！　かわいそうな女よねぇ。あんたは金で夫を買って、でも心までは得られなかったのよ！」

「そんな……っ」

違う。アーノルドはそんな酷いことは言わない。

だって彼は何度も愛していると言ってくれていた。結婚した時だって、今はまだ妹のようにしか思えないけどいずれと、約束してくれた。

……けれど、もしヴェロニカの言っていることが本当だったら？

本当に、彼がそう思っていたのだとしたら……？

「…………」

レティーシャは言葉に詰まり、俯いた。

対するヴェロニカは、気弱な正妻を言い負かしたと思い、得意げな表情でレティーシャを見ていた。そこには嘲りの感情が滲んでいる。

「フフッ。あたしだって、本当はこんな意地悪なこと言いたくないのよ？」

それまでの荒々しい態度から一転、ヴェロニカが猫撫で声で言葉を続ける。

「奥様も、あたしがこの屋敷にいない方がいいでしょう？　外に行っててあげるから、ほら、お小遣いをくださいな。大丈夫。エミールが成人したら、きっとあたしが使った以上の金を稼いでくれるわ」

アハハッと笑って、ヴェロニカが小遣いを要求してくる。

自分が彼女の言うまま金や宝飾品を手渡せば、嬉々として遊びに出かけるだろう。それが何日続くかは金額次第だが、少なくともその間は彼女の顔を見なくて済む。こんなふうに嫌みを言われることもなくなる。

気持ちが挫けかけていたレティーシャは、ヴェロニカの強い眼差しから逃れるように顔を背け、先ほどまで向かっていた書き物机の上に視線を巡らせた。

その時ふと、机の隅にちょこんと置かれていた兎の人形と目が合った。これは以前、シーザーがレティーシャを慰めるために贈ってくれた木彫りの兎だ。

そういえばあの時も、ヴェロニカに金を無心され、嫌みを投げつけられたのだっけ。

『ヴェロニカには毅然と接した方がいい。あの手の人間は、下手に出れば出るほど増長します』

その時シーザーに言われた言葉を思い出す。

そうだ、いつまでもヴェロニカの言いなりになっていてはいけない。それでは何も解決しないし、誰のためにもならない。

レティーシャは兎を見つめ、勇気を奮い立たせる。

なんだか、シーザーが傍にいて「大丈夫ですよ」と言ってくれている気がした。

「……ヴェロニカ」

レティーシャは椅子から立ち上がり、まっすぐにヴェロニカの目を見つめた。

今にも泣きそうだった顔を引き締め、夫の愛人と対峙する。

ヴェロニカはそんな彼女を、訝しげに睨み返した。

「同じことを何度も言わせないでちょうだい」

レティーシャは努めて平坦な声で、きっぱりと告げる。

「今の我が家に、あなたの遊興に使えるお金はありません。お金が必要なら、自分のドレスや宝飾品を売って工面すればいいわ」

「なっ……、何よ、この、陰気臭いしみったれ！」

ヴェロニカは、レティーシャからの反論を想定していなかったのだろう。これまでにない拒絶に一瞬たじろいだ。しかし、すぐにまた嫌みと罵声《ばせい》をぶつけ始める。

「酒代も出せないなんて、伯爵家のくせに情けない。恥ずかしいと思わないの！」

「思わない。それに、あなたの酒代に使うくらいなら、エミールの教育費に充てた方がよっぽど有意義だわ」

　レティーシャは何を言われても表向きは動じず、毅然とした態度で彼女の要求を却下し続けた。

　やがて言葉も尽きたのか、根負けしたヴェロニカは「くそっ」と苛立たしげに扉を蹴り飛ばし、書斎から出ていった。しばらくして、遠くからバタン！　と扉が閉まる音がする。おそらく、同じ階にある彼女の自室に戻ったのだろう。

「……っ」

　嵐が過ぎ去った部屋で、レティーシャはその場にへなへなと頽《くずお》れた。

　怖かった。自分を悪しざまに詰るヴェロニカは悪魔のようで、泣いてしまいそうなほど恐ろしかった。

（でも……）

　自分は言うべきことをちゃんと言えた。彼女に屈服せず追い返せたのだ。

　レティーシャは、今になって震えがきた自分の両手をぎゅっと握り締める。

　すると、何やらバタバタと足音が近づいてきて、開けっぱなしになっていた扉からシーザーが入ってきた。

「レティーシャ様、言い争いの声が聞こえると使用人が……レティーシャ様!?　大丈夫ですか!?」

彼は床に座り込むレティーシャの姿に気づくなり、慌てて駆け寄ってくる。

どうやらヴェロニカの罵声を聞きつけた使用人に相談され、急いで様子を見に来てくれたようだ。

「大丈夫よ、シーザー様。ちょっと気が抜けてしまっただけなの」

レティーシャは、心配そうに顔を曇らせる彼に事の次第を説明する。

どんな嫌みや罵声をぶつけられたかまでは言わなかったものの、シーザーはこれまでのヴェロニカの言動からおおよそは察したようで、怒りを漲《みなぎ》らせた。

「あの女……っ」

「ま、待って、シーザー様。私なら本当にもう大丈夫だから」

今にもヴェロニカの部屋へ殴り込みに行きそうな彼を宥める。

「シーザー様が前に助言してくれた通り、今日はちゃんと、ヴェロニカに毅然と対応することができた……と思うわ。挫けそうだったけれど、シーザー様が贈ってくれた兎を見ていたら、勇気が湧いてきたの。ヴェロニカの要求をきっぱり断ることができたのは、シーザー様のおかげよ。本当にありがとう」

彼女は微笑んで、目の前の騎士に感謝の言葉を伝えた。

レティーシャはヴェロニカの容赦ない罵倒に傷ついた心を抱え、未だ表情を蒼褪《あおざ》めさせたまま、それでも笑みを浮かべて「ありがとう」と告げる。

シーザーはぐっと奥歯を噛み締め、怒りを堪えた。

「……レティーシャ様が、そうおっしゃるのなら……」

「ええ、私はもう大丈夫。ヴェロニカの言葉なんて気にしていないし、これからも毅然とした態度で接するつもりよ」

レティーシャは彼の手を借りて立ち上がると、ヴェロニカに蹴られた扉が壊れていないか確かめ、「修理に出さずに済んでよかったわ」と明るく笑う。

これ以上、シーザーを煩《わずら》わせたくはなかった。

そしてレティーシャはまだ心配げなシーザーを「もう大丈夫だから」と送り出し、再び書き物机について、実家への手紙を書き始めたのだった。


その日ヴェロニカは街へ行かず、ずっと屋敷にいた。

日中は自室に引き籠もり、夜になってレティーシャ達と共に夕食の席についた彼女は、ずっと不機嫌そうに押し黙っている。

よほどレティーシャの態度に腹が立ったらしく、彼女は度々憎しみの籠もった目でレティーシャを睨みつけてきた。いつまたあの赤い唇から火山が噴火するように罵詈雑言《ばりぞうごん》が飛び出してくるかと思うと、レティーシャは気が気でなかった。

義両親とエミールも、レティーシャとヴェロニカの間に流れる不穏な雰囲気を察したようで、食堂はシンと静まり返り、重い空気に支配されていた。

レティーシャは何度目かわからないため息を吐き、ワインを口にする。

いずれはヴェロニカともわかり合い、共にエミールを育てていきたいと思っているのだが、その未来はずいぶんと遠そうだ。

ヴェロニカはこれまでにも増して、レティーシャに対して敵意を漲らせている。とはいえ、それを恐れて下手に出るわけにもいかない。ヴェロニカの要求に応え続けるだけの財産が、この家にはないのだから。

この屋敷で今後も暮らしていくのなら、現状を理解し、もう少し歩み寄ってほしい。

レティーシャは、そう願わずにはいられなかった。

そんな、何とも雰囲気の悪い夕食のあとも、夜の時間は刻々と過ぎていく。

寝支度を済ませたレティーシャは、広い寝室で椅子に腰かけ、テーブルの上にあるものを広げていた。

ランプの灯りに照らされた、白い手紙の束。

それらはみな、アーノルドから送られてきたレティーシャ宛ての手紙だった。彼が亡くなって以来、レティーシャは毎夜のように彼の手紙を読み返していた。

（アーノルド様……）

手紙はどれも決まって『最愛の妻、レティーシャへ』から始まり、『いつもお前のことを想っている』『愛している』という言葉で結ばれている。

愛おしい彼の筆跡を目で追い、何度も読み返したせいで少しくたびれた紙に触れ、レティーシャは亡き夫を想った。

それから、手紙の束と一緒に机上に置いていたジュエリーボックスに手を伸ばし、蓋を開ける。そこにはレティーシャが嫁入りの時に持ってきた宝飾品に交ざって、アーノルドの形見の指輪と、彼から贈られたアクセサリー類が収められていた。

中でも一番のお気に入りは、菫の花を模した髪飾りだ。花の部分の石は宝石ではなく色つきのガラスだったが、葉をモチーフにした銀の土台に紫色の小さな花が三つ並んだデザインがとても愛らしい。

それにこれは、アーノルドが『レティーシャの瞳の色によく似ている』と、選んでくれたものだった。

北の国境砦からこの髪飾りと手紙が送られてきた時のことを思い出し、レティーシャの胸が熱くなる。この髪飾りを見ていると、自分は確かに愛されていたのだと信じられた。

けれど……

『アーノルド様だってそうおっしゃっていたわ！　自分は親に売られたんだって！　かわいそうな女よねぇ。あんたは金で夫を買って、でも心までは得られなかったのよ！』

ヴェロニカの罵声がふいに甦り、レティーシャの胸が重くなる。

妻の座は射とめられたが、アーノルドの心までは得られなかったと彼女は言った。

でも、それは違う。違う……はずだ。だって彼はこんなにも、自分に愛の言葉を残してくれている。心の籠もった贈り物を、自分に送ってくれた。だから……

ランプの灯りの下、レティーシャの菫色の瞳が不安に揺れる。

否定したいのに、ヴェロニカの言葉は棘《とげ》のように心に刺さったまま抜けない。そしてじわじわと、レティーシャを苛むのだ。

ふと視線を窓の方に向けると、いつの間にか雨が降り、強い風がびゅうびゅうと吹きつけていた。いつかの嵐の夜ほどではないけれど、荒れている。

まるで今の自分の心を表しているように感じられ、レティーシャは酷く落ち着かない気分になった。

このままでは、気持ちが悪い方へ悪い方へと沈んでしまうばかりだ。

今宵はもう、寝てしまおう。

そう思い、髪飾りをジュエリーボックスに仕舞いかけたその時——

バタン！　と乱暴に扉が開いて、レティーシャは驚きに身を竦ませる。

見れば、部屋の入り口にナイトドレス姿のヴェロニカが立っていた。薄手の寝着は、彼女の肉感的な肢体をより扇情的に見せている。

自分の薄い身体つきとは何もかも違う女の魅力をまざまざと見せつけられているようで、レティーシャは心が塞ぐ思いがした。

「……突然どうしたの？　ヴェロニカ」

レティーシャは内心の動揺を悟られないよう、努めて冷静に問いかけた。

しかし廊下の微かな灯りを背に立つヴェロニカは、そんなレティーシャの心を見透かすかのようにフンッと鼻で笑う。

「苦情を言いにきてやったのよ。あんたのせいで街へ飲みに行けなくなったから、執事に酒を用意するよう言いつけたのに、ワイン一本しかくれないのよ？　もっと持ってこいって言ったら、『当家には、これ以上あなたに飲ませるワインはありません』ですって！　気取っちゃって、嫌な感じ！　たかが使用人のくせに！」

「ヴェロニカ……」

「小遣いもくれない、酒も飲ませてくれない。本当に酷いところだわ、ここは！　ああ、旦那様が生きていたら、あたしにこんな肩身の狭い思いはさせなかったでしょうに」

寝る前に飲むワインなど、一本もあれば十分だろう。それでもヴェロニカは何もかも気に入らないとばかりに、レティーシャに当たり散らす。

「女主人がケチくさいから、使用人までみんなしみったれの吝嗇《りんしょく》になるんだわ。貴族のくせに、情けないったら……」

「何と言われようと、うちが今贅沢のできない身上なのは本当のことだわ。それに、飲みすぎは身体によくないわよ」

「うるさいわね！　こんな陰気臭いところ、酒でも飲まないとやってられないのよ！」

叫び、ヴェロニカはレティーシャをギッと睨みつけた。

だがその眼差しがふと、レティーシャの持つ菫の花の髪飾りへと向けられた。

「……あら？　その髪飾り……」

ヴェロニカは考え込むように首を傾げたあと、許しも得ずツカツカと部屋の中に入ってきて、レティーシャの手元を覗き込んだ。

「ああ、やっぱり！　どこかで見た覚えがあると思ったら、それ、あたしのおこぼれで買ってもらった髪飾りじゃない！」

「え……？」

(何故、ヴェロニカがこの髪飾りのことを知っているの？　それに、『おこぼれ』って……)

困惑するレティーシャを前に、ヴェロニカは机上の手紙と開けっぱなしになっていたジュエリーボックスを見て、笑い出す。

「あはははっ！　もしかしてこれ全部、旦那様からの手紙と贈り物？　それを眺めて感傷に浸っていたわけ？　こーんな安物を大事に大事に仕舞いこんで、馬鹿みたい。本当、あんたってかわいそうな女よねぇ」

「なっ……」

アーノルドからの贈り物を安物と馬鹿にされ、レティーシャは怒りに頬を染める。

しかしヴェロニカはクスクスと意地悪く笑ったまま、「面白いものを見せてくれたお礼に、いいことを教えてあげる。ちょっと待ってなさい」と言って、部屋を出た。

彼女はいったい何を教えるつもりなのか。嫌な胸騒ぎがして、レティーシャはぎゅっと眉を顰める。

　ほどなくして、上機嫌のヴェロニカが手に何かを持って戻ってきた。

「フフッ、これが何かわかる？」

「あっ……」

　彼女の掌にのせられたものを見た瞬間、レティーシャの瞳が驚きに見開かれた。

　それは、今レティーシャが手にしているものとまったく同じデザインの髪飾りだった。

「どうして……」

「元々はこれ、あたしが旦那様におねだりして買ってもらったものなのよ。でも、アーノルド様ったら酷いお人よねぇ？　いくら自分が宝飾品に疎いからって、奥様のご機嫌をとるための贈り物に、あたしへ贈ったのと同じ髪飾りを選ぶなんて。フフッ、でもね、よく見て？　あたしのは、あんたの安っぽい色ガラスの飾りとは違って、ちゃーんと本物のアメジストが使われているの。あたしの綺麗な黒髪に合うだろうって、あたしのために作られたみたいな品だって、旦那様は言ってくれたわ」

「そんな……っ」

　嘘だ、そんなはずはないとレティーシャは否定したかった。

　胸が苦しくて、息ができない。

　だって、今までずっと信じていたのに。

　自分はアーノルドの愛を頼りに、彼の死も、彼の不貞にも耐えてきたのに。

「そこに大事に仕舞いこんであるアーノルド様からの贈り物も、ほとんどあたしが一緒に選んであげたものよ。それから手紙もね、あたしが旦那様と文面を考えてあげてたの。ほら、万が一にもあんたが王都で他の男に気を移しちゃったら困るじゃない？」

（いや……、やめて……っ）

レティーシャが心の支えにしていたものがひび割れ、足元から崩れていく。

「とびきり甘い言葉を選んであげたわ。嬉しかったでしょう？　奥様」

蒼褪め、絶句するレティーシャを前に、ヴェロニカは勝利者の笑みを浮かべていた。

この上ない意趣返しができたと、彼女は喜んでいるのだ。残酷に切り裂かれた相手の心など気にもかけず、ただ気に入らない正妻を苦しめることができて嬉しいと、笑っている。

「旦那様は常々おっしゃっていたわ。妻とは援助を受けるために仕方なく結婚したんだって。妹のようにしか見られないし、痩せっぽちで貧相な身体の女なんて抱く気になれなかったって。アーノルド様はね、あたしみたいに胸の大きな女がお好みなのよ。フフッ、奥様じゃ彼を満足させるどころか、その気にさせることさえ無理だったたってわけ」

さらにヴェロニカは告げる。レティーシャがアーノルドと結婚する前から自分達は関係があり、式の時もエミールを身籠もっていた自分を案じて、すぐ戻ってきてくれたのだと。

（そんな……）

部下が心配だから帰ると言っていたのは、嘘だったのだ。アーノルドは残りの休日を身重のヴェロニカの傍で過ごし、以後も休みの度に彼女のもとを訪れていたのだという。

レティーシャは、初めからアーノルドに愛されてなんていなかった。これまで向けられた愛の言葉も贈り物も、全ては裕福な実家を持つ妻を繋ぎ止めるためのものに過ぎず、そこに心なんて込められていなかったのだ。

「…………………」

「ちょっと、なんとか言ったらどうなの？」

ヴェロニカは無言で俯くレティーシャに不満をぶつける。

彼女は、もっとレティーシャが泣いて悲しむ姿が見たかったのだろう。

けれどレティーシャの瞳は凍りつき、涙の一つも浮かばなかった。ただ血の気の引いた顔で、その場に立ち竦むことしかできないでいた。

それほどに深い絶望を、ヴェロニカに味わわされたのだ。

「……フン。わざわざ本当のことを教えてあげたんだから、礼はもらっていくわよ」

そう言って、ヴェロニカはレティーシャのジュエリーボックスを物色し始める。

そして自分が一緒に選んでやったという安物の宝飾品や形見の指輪には目もくれず、レティーシャが嫁入りの際に持ってきた宝飾品をいくつか持ち去っていった。

また金にでも換えて、遊びに出かけるのだろう。

けれど今のレティーシャには、それを惜しむ気持ちは湧いてこない。

奪われた高価な宝飾品よりも大切なものを、ヴェロニカに壊されてしまったからだ。

ヴェロニカが去ったあと、レティーシャは千々に乱れる心を抱え、寝室を飛び出した。行きたい場所があったわけではない。ただ、残酷な真実を告げられたあの場所に――打算的な想いが籠もった手紙や贈り物が残る寝室に、これ以上居たくないと思ったのだ。

屋敷の中は静寂に包まれていた。ほとんどの者がもう眠りについているのだろう。ふらふらと幽鬼のように彷徨《さまよ》い歩くレティーシャを見咎める者はおらず、彼女はそのまま裏口から庭へ出た。

外はザアザアと大粒の雨が降り続いている。秋の終わりも近いこの時期、雨水は氷のように冷たく、少し外に出ただけでレティーシャの全身を濡らした。

いっそこのまま雨に打たれ、凍えて死んでしまえればいいのに。

レティーシャはふと、そんな死の妄想に取り憑かれた。

だってもう、疲れた。悲しくて、辛くて。アーノルドとヴェロニカが憎くて、妬《ねた》ましくて。そんな感情を抱く自分が汚らわしく思えて、嫌で、嫌でたまらなくて、胸が苦しい。辛い。もう、何もかもが疎ましかった。

夫が八つも年下の自分を女として見られず、自分達の結婚を「金で買われたもの」と思っていたのは、悲しいけれど仕方のないことなのかもしれない。

けれどそれならそれで、希望など与えないでほしかった。自分には他に愛する人がいると、正直に教えてほしかった。偽りの愛の言葉なんていらなかった。今になってこんなに手酷い裏切りを知らされるくらいなら、自分を愛しているふりなんてしてほしくなかった。

たまに届く手紙や贈り物に喜んで、胸をときめかせて、それを支えに、彼亡きあともこの屋敷を守らなければと努力していた自分が馬鹿みたいに思える。ヴェロニカの目に、自分はさぞ滑稽に映ったことだろう。

「……ふ、ふふっ」

レティーシャは乾いた笑みを浮かべ、天を仰ぐ。もう涸れてしまった涙の代わりに、冷たい雨が彼女の顔を濡らした。

寒い。吐く息は白く、濡れたナイトドレスが肌に張りついて、いっそう体温を奪う。けれどそれ以上に、彼女の心は冷たく凍えていた。

レティーシャはまた、ふらりと歩き出す。裏庭を抜け、森を目指そうと思った。そのうち身体が凍えて動かなくなって、楽になれるのではないか……と思いながら。

室内用の履物がみるみる泥に汚れ、冷たい水が染み込み、ジンジンと痺れるような痛みを与えるが、歩みを止めず、森へ向かった。

「――様！　レティーシャ様！」

夜の森に足を踏み入れてほどなく、背後からバシャバシャと水を叩く足音が響いてきたと思った途端、レティーシャの肩が強く摑まれる。

緩慢《かんまん》に振り返ると、目の前に外套を羽織ったシーザーが立っていた。

「どうしてこんな時間にこんなところに……っ！　しかもこんな天気の中、いったい何があったんですか……っ」

彼は焦りを滲ませて、レティーシャを問い詰める。しかしすぐ、今は問答をしている場合ではないと思い直したようで、「とにかく、屋敷に戻りましょう」と、自分が羽織っていた外套でレティーシャを包み、横抱きに抱え上げると、屋敷に向かって駆け出した。

レティーシャは抵抗することなく彼の腕に抱かれていた。今の彼女に、シーザーを振り切って森の奥へ——死へ向かう気力は残っていなかったのだ。

ふらふらとしたレティーシャの足取りでは時間のかかった道を、シーザーはあっという間に戻り、裏口から屋敷へと入った。レティーシャが飛び出したことに気づいたのはシーザーだけのようで、屋敷の中は変わらずシンと静まり返っている。

もしこんな姿で戻ってきたレティーシャを使用人達が見たら、屋敷中大騒ぎになっていたことだろう。シーザーはずぶ濡れのレティーシャを介抱するため、女手を呼ぼうとしたが、彼女は騒ぎにしたくないとそれを止めた。そして、寝室にも戻りたくないと。

シーザーはそれを聞き、少しの躊躇いを見せたものの、レティーシャを自分の客室に運んだ。本当は問い質したいことがたくさんあるだろうに、凍えきったレティーシャの介抱を優先してくれたのだ。

シーザーが滞在している客室には、小さいながらも暖炉がついている。彼はレティーシャを暖炉の前に降ろすと、残っていた火に薪《まき》を追加し、彼女にタオルと替えの服を差し出した。渡された服はシーザーのシャツとトラウザーズで、レティーシャには大きすぎるけれど、濡れたナイトドレスを着続けるよりはマシだろう。

「俺は少し部屋を出ていますから、その間に着替えを」

そう言って、シーザーはレティーシャを一人残し、部屋から出ていった。

気兼ねなく着替えられるよう、配慮してくれたのだろう。しかしレティーシャは濡れた髪を拭く気にも、濡れたナイトドレスを脱ぐ気にもなれず、ただぼうっと暖炉の火を見つめ続けた。

しばらくして、小さなノックの音が響き、シーザーが戻ってきた。

片手に湯気の立つカップを持っていた彼は、レティーシャが着替えはおろか身体を拭こうともしていないことに気づき、顔を顰めた。

「そのままでは凍えてしまいます」

シーザーはカップをテーブルに置き、レティーシャが手にしたままのタオルを奪って、代わりに拭き始める。本当は濡れて肌に張りついたナイトドレスを真っ先にどうにかすべきだが、さすがに脱がすのは躊躇われたようだ。ただ、ドロドロになった履物は彼の手で脱がされ、足の汚れも清められた。

異性に身体を拭かれるなんて、平素のレティーシャなら考えられないことだった。しかし今の彼女は意思を失くした人形のように、シーザーに身を任せている。

「最初、幽霊かと思いましたよ」

彼はレティーシャの髪や身体を丁寧に拭いてやりながら、この部屋の窓から外を眺めていたこと、森の方へ歩いていくレティーシャの姿に気づき、慌てて追いかけたことを話した。

そういえばこの部屋は裏庭に面していたのだったと、レティーシャはぼんやり思い返す。シーザーが気づかなければ、きっと自分は森の中で凍え死んでいた。

彼に見つけられてよかったのか、悪かったのか。今の自分にはよくわからない。

「……これを飲んでください。温まりますよ」

レティーシャの身体をひと通り拭き終えたシーザーが、カップに入った紅茶を勧めてくる。

「本当はホットワインなどの方が良かったんでしょうが、見つからなかったので」

ワインなどの酒類は、料理人と老執事によって厳重に管理されている。だからヴェロニカも勝手に持ち出すことができなかったのだ。

「…………」

レティーシャは勧められるまま、カップを手にする。

(温かい……)

冷えた指先に、カップの温もりが心地良かった。

恐る恐る紅茶を口に含むと、優しい甘さがふわっと広がる。どうやらたっぷりと蜂蜜を入れてくれたようで、とても甘かった。

シーザーの言う通り、温かくて甘いお茶が凍えた身体に沁《し》み渡り、熱を取り戻してくれる。

「……っ」

ふいに、凍っていたはずの瞳から涙がぽろりと零れた。

彼の淹《い》れてくれた紅茶は、レティーシャの凍りついた心まで溶かしてしまったのだ。

「レティーシャ様……」

「うっ、うう……っ」

彼女はぽろぽろと涙を流しながら、ゆっくりと紅茶を飲み進める。

全て飲みきると、頬を濡らす涙を掌で拭い、自分を心配げに見つめるシーザーにぽつぽつと、事の次第を語り出した。

先ほどのヴェロニカとの口論。そこで告げられた残酷な真実。そしてアーノルドやヴェロニカに対する行き場のない感情を吐き出していく。

シーザーは、レティーシャの話を黙って聞いてくれた。

（あ……）

自分に深い憐みの眼差しを向ける男を見て、レティーシャはふと思う。

彼が初めてこの屋敷を訪れたあの嵐の夜に告げられた、夫の言葉。あれは本当に、真実だったのだろうかと。

「……ねえ、シーザー様。あなたが伝えてくれたアーノルド様の最期の言葉は、本当に私へ向けられたものだったの……？」

「っ、それは……」

シーザーははっと息を呑み、口籠もった。

その反応が何よりの答えで、レティーシャは「ああ、やっぱりね」と、泣き笑いを浮かべる。

「本当のことを教えて、シーザー様。アーノルド様は最期、何とおっしゃっていたの？　それとも、言葉なんて残せなかったのかしら？」

「…………」

心中の葛藤を表すように、彼の唇がぎゅっと引き結ばれた。

「お願い、話して」

もう一度請うと、シーザーはようやく口を開く。

「……師団長は最期に、『すまなかった、レティーシャ。愛している、ヴェロニカ』と……」

そして彼の残した手紙にあった通り、レティーシャにヴェロニカとエミールのことを頼みたいとも言っていたのだという。

「そう……」

シーザーは意図的に、最期の言葉からヴェロニカの名を削って伝えたのだ。

やはり夫の愛は、愛人であるヴェロニカにのみ捧げられていた。

「……っ」

改めて言葉にされると、胸を抉《えぐ》られるような痛みを覚える。

「レティーシャ様……。申し訳、ありません……っ」

シーザーは顔を歪めて頭を下げた。

「……いいえ、シーザー様。あなたは、私を気遣ってくれたのでしょう？」

アーノルドは、金蔓《かねづる》である自分を繋ぎ止めるために愛を偽装した。

けれどシーザーは自分の利益のためでなく、ただレティーシャの心を慮って嘘を吐いてくれたのだ。それをどうして責めることができるだろう。

「ありが、とう……」

「レティーシャ様……」

「ご、ごめ……っ、なさ……っ」

シーザーの気遣いを、優しさを、ありがたいと思う。もし夫の戦死を知らされたあの夜、元の遺言をそのまま聞かされていたら、どうなっていたかわからない。

でも今はその時以上に悲しくて、辛くて、涙が止まらない。

自分の信じてきたもの、支えにしてきたものが足元から崩れ去って、どうしたらいいかわからず、途方に暮れる。

こんなみっともない濡れ鼠のような姿で、これ以上シーザーに迷惑をかけてはいけないと思うのに、この場から立ち去る気力すら湧いてこない。

レティーシャは嗚咽を堪えながら、泣き顔を隠すように小さくうずくまった。

(今すぐこの世界から消えてなくなってしまいたい……)

「俺なら……」

縮こまって泣き続けるレティーシャの身体が、ふいに強く抱き締められる。

（え……）

「俺なら、あなたをこんなに悲しませたりしないのに」

「シーザー……様……？」

驚き、顔を上げたレティーシャの間近に、男らしく整った彼の顔が迫る。その蒼い瞳は何かに焦がれるように熱い光を宿し、切なげにレティーシャを見つめていた。

「俺を見てくれ。俺を……求めて。レティーシャ」

シーザーはその大きな掌で、未だ冷たい彼女の両頬を包み、囁く。

「今はまだ、師団長の代わりでもいいから。俺に、あなたを慰める権利をください」

（慰める権利……？）

彼はもう十分すぎるほど自分を慰めてくれているのに、これ以上があるのだろうか。

（あっ……）

戸惑うレティーシャの唇に、シーザーの唇がそっと重ねられる。

一度目のキスは、ほんの一瞬。掠《かす》めるように唇を合わせたあと、レティーシャの反応を窺ったシーザーは、再び触れるだけのキスを彼女に贈った。

「んっ……」

今度はぎゅっと身体を抱き寄せられ、長く唇を重ね合う。触れたところから彼の温もりが伝わってきて、心が騒いだ。

でも、それは決して嫌な感覚ではなかった。むしろ、安心する。

凍えた身体が火の暖かさを求めるように、レティーシャはシーザーの温もりを欲した。

やがてただ唇を合わせるだけに留まらず、彼の舌が咥内に分け入ってくる。こんな深いキスをされるのは生まれて初めてのことで、レティーシャは困惑した。

「あ……っ」

けれどやはり嫌悪感は湧いてこず、舌を絡め取られ、歯列をなぞられる度、甘い痺れが身体に広がる。

そうしてひとしきり彼女の唇を堪能したシーザーは、涙に濡れたレティーシャの目元や頬を唇で拭い、額や唇に触れるだけのキスを与えながら、そっと彼女の濡れた服に手をかけた。

この段になって、ぼうっとしてされるがままだったレティーシャもさすがに彼の意図に気づく。シーザーの言う『慰め』とは、つまりそういう意味なのだろう。

しかし彼女は不思議と、抵抗する気にはなれなかった。今更、自分の身体なんて、貞操なんて、どうでもいい。どうなっても構わない。倫理観など、今の自分には何の慰めにもならないのだから。

それよりも、シーザーが与えてくれる温もりにただ身を委ねたいと思った。

濡れて重くなっていたナイトドレスが彼の手で脱がされ、身体が軽くなる。次いで同じくずぶ濡れになっていた下着も取り払われ、生まれたままの姿にされる。

夫ではない若い男性の前で、裸を晒す。なんて恥ずかしくて、はしたない行為だろう。

おまけに自分は、ヴェロニカのように豊かな胸もお尻も持っていない。夫にさえ見向きもされなかった貧相な身体を、シーザーはどう思うだろう。幻滅するのではないか。

そんな気にはなれないと拒絶された初夜の苦い思い出が甦り、レティーシャは表情を曇らせる。シーザーが自分を女として見てくれるのか、ふいに不安になったのだ。

夫がそうだったように、彼もまた、自分を拒むのではないか。

(だって私は、一度も……)

しかし胸元と秘所を自身の手で隠し、床に座り込んで俯く彼女にかけられたのは、落胆の声ではなく感嘆のため息だった。

「なんて美しいんだ……」

(え……)

恐る恐る顔を上げれば、シーザーは頬を紅潮させ、レティーシャに熱い眼差しを注いでいる。彼の目はキラキラと輝き、劣情の色を濃く孕《はら》んでいた。

(本当……に、この人は、私を求めてくれているの……?)

女としての価値が無いと夫に見放されていた自分を、彼は望んでくれるのか。

「……っ、すみません。つい、見惚れてしまって。ここじゃ冷たいでしょう。さあ、こちらへ」

シーザーはレティーシャの身体をそっと抱き上げ、ベッドに運んだ。

寝具を床に落とし、シーツの上に寝かせられる。リネンから彼の——男の匂いがして、どきっとした。

そんな彼女を横目に見ながら、シーザーはベッドの横で自身の寝間着に手をかける。といっても彼はレティーシャのように全裸にはならず、上半身だけ裸になり、ベッドにのり上げた。

シーザーの身体には、もう包帯は巻かれていなかった。逞しい身体が間近に迫り、レティーシャの胸がとくんと高鳴る。

彼は壊れ物に触れるように慎重な手つきでレティーシャの肌を撫でた。冷え切り、青白くなった手や足を「かわいそうに」と言っては優しく擦り、自らの体温を分け与えるように肌を合わせる。

シーザーの身体は温かくて、ただ抱き合い、触れ合うだけでも心地良かった。

彼に優しく扱われる度、粉々に砕けていた自尊心が、女としての自信が、少しずつ癒やされていくのを感じる。

自分が今、許されざる行為に及んでいるという意識はあった。けれど一度知ってしまった安らぎを手放すには、レティーシャの心は弱り、傷つきすぎていたのだ。

「シーザー様……」

レティーシャは自分に覆い被さる男の背に腕を回し、懇願する。

もし私があなたにとって、抱くに足る女であるのなら――

「助けて……。嫌なこと、辛いこと、悲しいこと。全部、忘れさせて……」

たとえこのあと手酷く扱われたとしても構わない。もう、どうなったっていいから。

だから、今だけでもいいから、お願い。私を愛して。

涙を湛えて訴えるレティーシャの望みに、シーザーはキスで了承の意を返した。

「んん……っ」

ちゅっと音を立てて唇を合わせたあと、彼の舌がまた咥内を犯し始める。

そうして深いキスを与えながら、シーザーの大きな掌が彼女の胸元――なだらかな丘陵へと移った。

彼女の胸はお世辞にも豊かとは言えず、彼の手にすっぽりと収まってしまう。

けれどシーザーはそれにがっかりするでもなく、一度唇を離すと、熱っぽい吐息交じりの声で「柔らかくて気持ち良い」と、彼女に囁いた。

「んっ」

耳に直接息を吹き込むように囁かれ、レティーシャの身体がびくんっと震える。

こんな感覚は初めてだった。それに、胸を揉みしだかれ、頂をクリクリッと弄《いじ》られる度、下腹の奥がジンジンと疼《うず》くのだ。おそらくこれが、快感というものなのだろう。

かつて夫が与えてくれなかったものを、シーザーが与えてくれる。そのことに微かな胸の痛みを覚えつつ、レティーシャは初めて自分から、彼の唇に口付けをした。

「……レティーシャ……」

シーザーの蒼い瞳が驚きに見開かれ、次いで、甘く蕩《とろ》けるような笑みが浮かぶ。

「なんて可愛いんだ……。俺の聖女様……」

（聖女様……？）

どうして自分をそんなふうに呼ぶのだろう。レティーシャは疑問に思ったが、彼が再び深いキスをしかけてきたので、すぐに考える余裕を失くした。

シーザーは一段と激しく、唖内を蹂躙《じゅうりん》してくる。さらに彼は胸を愛撫していた手を徐々に下へと移すと、彼女の下肢へと侵略を開始した。

（あっ……）

これまで誰にも触らせたことがなかった秘密の場所に、シーザーの手が触れる。

レティーシャの身体が、羞恥にカッと熱くなった。

薄い下生えをさわさわと撫でられ、その指先がいよいよ秘裂に触れる。

これまでの愛撫で、レティーシャのそこはわずかに濡れそぼっていた。そういうものだと知っていても、いざ自分の身に起こり、それを相手に知られるのは恥ずかしい。

レティーシャは無意識のうちにもじもじと太ももを擦り合わせ、シーザーの手を阻んだ。

しかしそれくらいの抵抗で今更攻勢を弱めるはずもなく、彼はあっさりとレティーシャの脚を割り開かせると、ついに手入らずの淫花に触れた。

「んっ……」

一度も開かれたことのない花は固く閉じていて、わずかな蜜を零すのみ。

シーザーはいったん唇を離し、自身の指先を口に含むと、唾液をたっぷりと塗りつけ、レティーシャの秘所に再び手を伸ばした。

「あっ、んっ、んん……っ」

彼の唾液に濡れた指が、秘裂の形をなぞるように撫でてくる。

そして彼女の慎ましい花芽を摘まみ、擦っては、さらなる快感を与えた。

「ひゃっ、あっ、ああ……っ」

ぬめりを帯びた指の腹で敏感な部分を擦られるのは気持ちが良くて、いやらしい蜜が次々と溢れてしまう。

なんだか粗相をしているようで恥ずかしかったが、シーザーが「あなたは感じやすくて、濡れやすいんですね」と嬉しそうに呟いていたから、悪いことではないのだろう。

そのうち、シーザーはただ撫でるだけではなく、秘裂のあわいに指を沈め、肉奥を犯し始めた。

「あぅ……っ、んっ」

溢れた蜜が潤滑剤となって、彼の指の動きを助ける。

にゅぷっ、ちゅぷっと淫らな音が響き、レティーシャの羞恥をいっそう煽った。

「……っ、ふぁ……っ、あっ……」

レティーシャは絶え間なく与えられる刺激に身を震わせながら、切なげな吐息を零す。

シーザーはそんな彼女の初々しい反応を楽しむようにゆっくりと時間をかけ、レティーシャの蕾《つぼみ》を柔らかく解していった。

やがてレティーシャの淫花が彼の指を三本同時に受け入れられるようになると、シーザーはゆっくりと身を離し、下着ごと自分の寝間着の下を脱ぎ捨てる。

快楽にぼうっと痺れる頭でそれを見ていたレティーシャは、初めて目にする男の剛直に目を瞠った。

（え……）

彼女の身体を愛撫する間に昂ぶったらしい彼の自身は、恐ろしいほど大きく屹立していた。想像以上の肉塊に、レティーシャは恐れを抱く。

あんなものが、本当に自分の身体へ収まるのだろうか。

あんなもので貫かれたら、死んでしまうのではないだろうか。

「…………」

わずかな怯《おび》えを顔に浮かべ、それでも目を逸らせずじっと自分を見つめるレティーシャに、シーザーが苦笑して言う。

「怖くなりましたか……？」

レティーシャは躊躇いつつ、こくんと頷いた。

「……ここで、やめておきますか？」

彼は言った。今ならまだ踏みとどまれると。

自分に選択を委ねてくれた彼は、苦しさを押し殺したような表情で自分を見ている。

（……シーザー様……）

（男性は……その、こういう状態で我慢するのは辛い……のよね……？）

レティーシャは、結婚前に母から教わったことを思い返した。

実際、目の前のシーザーは辛そうだ。にもかかわらず、レティーシャが嫌ならここでやめると彼は言う。

無理やり事に及ぶことだってできるだろうに、自分の気持ちを尊重してくれる。

確かに彼と繋がるのは痛いだろうし、苦しいだろう。しかしたとえそうでも、シーザーなら徒《いたず》らに自分を傷つけたりはしないと信じられた。

「やめないで……」

本当はまだ怖いし、不安だけれど。

それ以上に辛い思いを、悲しい思いを、レティーシャはこれまでさんざん味わってきた。

もう嫌だ。全部忘れたい。自分はもう、どうなっても構わない。そう思って彼の胸に飛び込んだのに、こんな中途半端なところで終わるのは願い下げだ。

何も考えられなくなるくらい、自分を激しく抱いてほしい。レティーシャはその一心で、シーザーに両手を伸ばした。

「私を、めちゃくちゃにして」

「……っ、レティーシャ……っ」

鎖から解き放たれた獣のような勢いで、シーザーが覆い被さってくる。

「ひゃっ、あっ……んんっ」

彼はレティーシャの唇を奪い、深く深く口付けると、彼女の脚を再び割り開き、剛直を秘裂に宛てがった。

「んっ、んん……っ」

今の彼には、それまであった余裕がなくなっている。

でも、それがいい。それほど激しく、狂おしいほど自分を求めてくれているのだと思えるから。

(ああ、嬉しい……)

自分のような貧相な身体でも、彼を昂ぶらせることができるのだ。

「……っ、う、うぅ……っ」

濡れそぼつ淫花のあわいに触れていた硬い肉棒が、容赦なく奥へと押し込まれる。

それは想像以上の痛みと圧迫感をレティーシャにもたらした。

メリメリと肉を裂かれるような感覚に顔を歪め、「はっ、はっ……」と苦しげに息を吐く。菫色の瞳からは、また新たな涙が溢れてきた。

さらに愛液とは違う雫が――破瓜《はか》の血が流れ、シーツを赤く染める。その段になってようやくレティーシャの異変に気づいたシーザーは、はっと上半身を離し、彼女を見た。

「まさか、師団長は一度もあなたを……」

愛されてはいなかったとはいえ、仮にも正妻であるレティーシャが未だ純潔であるとは思わなかったのだろう。

シーザーは信じられないものを見るような目で、彼女の白い太ももを伝う処女の証を見ている。

（そう……よね……）

普通は心を伴わない政略結婚でも、後継者を生すために身体を重ねるものだ。

しかしレティーシャは一度も夫に抱かれなかった。自分がいかに夫にとって価値のない、女としての魅力に欠ける存在であったかを改めて思い知らされるようで、胸がズキズキと痛む。破瓜の痛みよりも、心の痛みの方がレティーシャには辛かった。

「…………」

悲しげな瞳で押し黙るレティーシャに、シーザーは複雑な表情を浮かべた。彼女がまだ処女だったということへの驚きと、戸惑い。夫としての義務を果たさず、彼女に辛い思いをさせたアーノルドへの怒りと憎しみ。それを惨めだと恥じ入るレティーシャへの憐憫《れんびん》。

そして、それを上回る喜びの表情を浮かべ、彼は呟く。

「では、俺があなたの初めての男なのですね」

自分がレティーシャの純潔を散らしたのだという事実に、彼は歓喜していた。

「ああ、俺の聖女、レティーシャ。俺が今、どんなに嬉しいかわかりますか？」

「シーザー様……？」

「俺はあなたを愛しています」

（え……）

突然の愛の告白に、レティーシャは戸惑う。

彼は自分を憐れみ、慰めるためにこうして自分を抱いてくれているのではないのか？

そこには優しさや同情だけでなく、男が女に向ける愛情があったと……？

「俺は師団長のように、あなたを裏切ったりはしない。絶対に。一生あなただけを想い、あなただけを守り続けます。だからどうか、俺だけのものになって」

切なさと情熱に満ちた瞳で、シーザーがレティーシャを見る。

彼の大きな手が涙に濡れる頬をそっと撫で、唇に触れ、愛を乞う。

「……………」

レティーシャは何も言わなかった。いや、何も言えなかった。

シーザーは初めから自分に好意的で、親切だった。けれどそれは、彼が優しいから。そして自分を憐れみ、気遣ってくれているからなのだと思っていた。

まさか彼が、自分に恋慕の情を抱いているとは思わなかったのだ。

（……いいえ）

違う。本当は、心のどこかで気づいていたのかもしれない。

だから甘えた。利用した。彼なら自分を甘やかし、慰めてくれるとわかっていたから。

「レティーシャ……？」

自分は、なんて汚く、卑怯な女なのだろう。

そして、こんな女を「聖女様」と慕うシーザーが、哀れに思えてならなかった。

(ごめんなさい……)

本当は、いけないことだ。

彼が真剣に自分を想ってくれているのなら尚更、こんな半端な感情で応えてはいけない。身体の関係を持ってはいけなかったし、彼に慰みを求めてはいけなかった。拒むべきだった。

でも、もう……遅い。

自分はもう、男に愛される喜びを知ってしまった。

必死に、狂おしいほど切なく求められ、彼の手に触れられる悦《よろこ》びを知ってしまった。

それは甘い毒のように、傷つき、弱っていたレティーシャの心に沁み渡り、良心を奪う。

どうして今更、この逞しい腕から逃れることができるだろう。

「レティー……」

彼女は言葉の代わりに、自分の名を呼びかけたシーザーの唇を自らの口で塞いだ。

それが答えだと、示すように。

「んっ……」

彼はすぐにその口付けに応え、レティーシャをぎゅっと抱き締める。

そうして、嬉しくてならないとばかり夢中になって彼女の咥内を貪《むさぼ》ったあと、ゆっくり

と腰を動かし、抽送を開始した。

「レティーシャ、レティーシャ……っ」

「あっ、ああっ……」

初めて男を受け入れたばかりの自分を、気遣ってくれたのだろう。

シーザーは自身の劣情を堪え、どこまでもレティーシャを気遣い、彼女が少しでも悦びを感じられるよう配慮してくれた。

「んっ、あっ、ああっ」

彼の剛直に肉壁を擦られ、奥を突かれる度、痛みだけではない何かが込み上げてくる。

レティーシャは荒い息を吐き、嬌声《きょうせい》を上げる。その甘い声は雨音にかき消されて、他の部屋には届かないだろう。二人の情事を知る者は誰もいないのだ。

狭いベッドの上で、二人は身体を重ね、交じり合う。

「あ……っ、ん、あっ、あああああっ……！」

やがて、何度となく肉奥を犯されたレティーシャは、生まれて初めての絶頂を経験した。

「くっ……」

その時、無意識のうちにシーザーの剛直をきつく締め付けたようだ。彼は苦しげな声を漏らすと、すぐさま自身を引き抜き、放心する彼女の腹に白濁を吐き出した。

「はあっ、はあ……っ」

疲労感が身体に重くのしかかり、レティーシャは息も絶え絶えに、胸を上下させる。

あの瞬間――快感のうねりが一際大きくなって、頭の中が真っ白になった。忘我の境地、とでも言うのだろうか。これまで味わったことのない感覚だった。

果ての余韻に陶然と浸るレティーシャの身体から、シーザーが名残惜しげに身を離す。

彼は床に放ってあったタオルで彼女の腹を拭ってやると、そのままレティーシャを抱き込むようにして、再びベッドに寝転がった。

「……愛してる、レティーシャ」

髪を優しく撫でられ、耳元に甘く囁かれる。

自分を見つめる彼の瞳はどこまでも澄んでいて、まっすぐで、温かくて。

彼の愛情を利用している罪悪感に、レティーシャは胸を痛めた。

けれどその一方で、自分にまっすぐ向けられた彼の愛情に、言いようのない喜びと安らぎを覚えてしまう。

「シーザー様……」

ああ、自分はずっと、こんなふうに愛されたかったのだ。

レティーシャは彼の胸に縋り、目を閉じる。

この腕の中にいる時だけは、現実の苦しみも何もかも、忘れられる気がした。

第五章　刹那《せつな》の慰め

翌朝、レティーシャはシーザーの腕の中で目を覚ました。

（……え……っ、あっ……！）

瞼を開け、いきなり視界に飛び込んできた男の逞しい胸板にぎょっとし、慌てて身を起こす。その拍子に、腰がずきっと痛んで、レティーシャは眉を顰めた。

しかも腰だけでなく、身体の節々が痛む。さらには股の間に違和感と痛みがあった。

（そうだわ……。私は昨夜、シーザー様と……）

見れば、自分も彼も生まれたままの姿だった。

ただ、昨夜お互いの汗や体液に汚れたはずの肌は妙にさっぱりしているから、自分が寝入ったあと、シーザーが拭き清めてくれたのかもしれない。

次いで、レティーシャは周りに視線を巡らせる。カーテンを開けたままの室内はまだ薄暗く、早朝であることが察せられた。今なら、使用人達に気取られずに寝室へ戻ることができるだろう。

昨夜脱ぎっぱなしにしていた下着やナイトドレスは、暖炉の前に置かれた椅子にかけられ、乾かされていた。汚れていた履物も泥を落とされ、同じく暖炉の前に置かれている。これらも、シーザーがやってくれたのだろう。

（シーザー様……）

再び、自分の隣でぐっすりと眠っている男を見る。寝乱れた黒髪が妙に色っぽく、心が騒いだ。それでいて寝顔は稚《いとけな》くて、可愛いと思う。

引き寄せられるように彼の頬、そして顎のラインを撫でれば、硬い髭の感触があった。よく見ると、そこにはうっすら髭が生えかけている。

女のものとは違う男の肌の感触が面白かった。ずっと撫でていたいとさえ思う。けれど、あまり長居しては事が露見してしまう。昨夜は絶望のあまり破れかぶれになって、どうなってもいい、死んでもいいとさえ思っていたレティーシャだったが、今は違う。シーザーとのことを他人に知られ、騒がれるのは避けたかった。

自分は人にどう言われてもいい。けれど、シーザーに迷惑をかけたくない。

レティーシャは気持ち良さそうに眠っている彼を起こさないよう、そっとベッドを抜け出した。

下着とナイトドレスを身につけ、まだわずかに湿り気が残っている靴を履く。そうして身支度を整えると、そっと扉を開けて辺りの様子を窺い、人気がないことを確認してから自分の寝室へ向かう。

もし誰かに見つかったらと思うと怖くて、胸が塞ぐ。

それでもどうにか誰にも会わず、無事寝室に入り扉を閉めた瞬間、レティーシャは「はあ……っ」と大きく安堵の息を吐いた。

「…………」

安心して気が抜けたからだろうか。今になって、じわじわと後ろめたさが込み上げてくる。

自分は昨夜、夫ではない男性と情を交わしてしまった。それも相手の気持ちを利用する形で、一時の慰めを求めて関係を持った。

なんて愚かで軽率な真似をしてしまったのだろう。

そう悔やみ、罪悪感を覚える一方で、しかしレティーシャは昨夜の出来事を忘れられなかった。

あんなふうに情熱的に誰かに求められ、愛されたのは初めてだった。シーザーの熱い眼差しや低く掠れた甘い声、荒く乱れた吐息を思い出すだけで、胸が疼く。

自分が犯した過ちに対する疾《やま》しさはなくならない。けれどそれと同じくらい、昨夜感じた喜びも消えなかった。

「…………」

レティーシャはふらりと歩き出し、手紙やジュエリーボックスが置かれているテーブルに近づいた。机上は昨夜のまま、ジュエリーボックスの蓋は開けっぱなしで、手紙も散乱している。

それらを見ると胸がズキンと痛んだが、死にたくなるほどの絶望はもう感じなかった。

それはシーザーが自分を愛し、慰め、繫ぎ止めてくれたからなのかもしれない。

レティーシャはそっとジュエリーボックスの蓋を閉じ、手紙を片付ける。

もう、涙は零れなかった。


「……あ、おはようございます。レティーシャ様」

数刻後、平静を装っていつも通り使用人達に指示を出していたレティーシャの前にシーザーが姿を現した。

レティーシャは内心ドキッとしたものの、なんとか笑顔を浮かべて返事をする。

「おはようございます、シーザー様」

「何か、俺に手伝える仕事はありませんか？」

そう尋ねてくるシーザーがあまりにもいつもと変わらない様子だったから、レティーシャは一瞬、昨夜の出来事が自分の夢だったのではないかと錯覚してしまいそうになる。

しかし身体に残る痛みと倦怠感が、あれは現実に起こったことであると教えてくれた。

「……それじゃあ、薪割りをお願いしてもいいかしら？　もちろん、身体に無理のない程度で構わないわ」

「承知しました。それでは、さっそくやっておきますね」

そう言って、シーザーは裏庭にある薪小屋へと向かう。

その背を見送ったレティーシャは、再び使用人達と家政について打ち合わせを行った。

いつもと変わらない日常。けれど、自分はもう昨日までの自分ではない。

そわそわと落ち着かない気持ちが、ずっと纏わりついている。そんな不思議な感覚を覚えながら、レティーシャは身体の痛みを隠し、普段通りに行動した。

ただ一人、ヴェロニカとだけは顔を合わせるのが怖かったが、彼女は昨夜レティーシャから奪った宝飾品を換金するために、朝食もとらず屋敷を飛び出していったらしいので、かち合わずに済んだ。

そしてあっという間に時間は過ぎ、夕刻。レティーシャは書斎に籠もって、所領から送られてきた報告書に目を通していた。

しかし、目の前の文字がちゃんと頭に入ってこない。どうしても昨夜の出来事が頭を過り、集中できなくなるのだ。

こんな調子で、自分は人前でちゃんと平静を装えていたのだろうかと不安になる。

「ふう……」

レティーシャがため息を吐くと、コンコンと扉をノックする音が響いた。そういえば、お茶を運んでくれるよう頼んでいたことを思い出す。きっと使用人の誰かがお茶を淹れてきてくれたのだろう。

「どうぞ、入って」

しかし、レティーシャの声に応えて姿を現したのは、使用人ではなくシーザーだった。

「シーザー様、どうして……」

「さっき厨房に行ったらみんな忙しそうにしていたので、俺が運ぶのを買って出たんです」

そう説明し、シーザーはティーポットとカップの載ったトレイを机に運ぶ。レティーシャは慌てて机上の書類を整理すると、トレイを置くスペースを確保した。

「そうだったの。面倒をかけてごめんなさいね」

言われてみればこの時間、使用人達は夕餉の支度で忙しないのだった。こんなことなら、自分でお茶を用意しに行けばよかったと、レティーシャは反省する。

「とんでもないです。……あなたと二人きりで会いたかったから、ちょうどよかった」

「えっ、あっ……」

傍らに立ったシーザーが、レティーシャの手を摑み、そっと握る。

驚いたものの、レティーシャはその手を振り払わなかった。

「今朝、目が覚めたらあなたがいなくて、夢だったのかと思いました。あなたを想うあまり、淫らな夢を見てしまったのだと」

「シ、シーザー様……」

彼は昨夜と同じ、劣情を孕んだ切ない瞳で自分を見つめてくる。

その眼差しの強さ、熱さに、レティーシャはたじろいだ。

「でも、夢じゃなかった。ベッドにはわずかにあなたの温もりと香りが残っていて、シーツにも、俺達が交わった証が残っていた」

あっ……と、レティーシャの頬が朱に染まる。

そういえば、シーツを破瓜の血で汚してしまったのだった。今朝はうっかり失念していたが、もしあれを誰かに見られたらと蒼褪める。

しかしそんな彼女の心配を察したように、シーザーが「大丈夫ですよ」と告げた。

「あのシーツは、俺が朝食のスープを零して駄目にしてしまったと言ってあります。昨夜のことは誰にも知られていないので、安心してください」

「そう……なの」

レティーシャは、ほっと胸を撫で下ろした。

彼女の手を握ったまま、シーザーは囁く。

「あなたが望むなら、俺は誰にも話しません。だからどうか、今宵も俺に慈悲をお与えくださいませんか？」

「慈悲……？」

「はい。今夜、あなたの褥に侍る許しをください、俺の聖女様」

囁いて、シーザーはレティーシャの手を持ち上げると、その甲にちゅっと懇願のキスを落とした。その拍子、レティーシャの胸がドキリと跳ねる。

つまり、彼はまたレティーシャを抱きたいと言っているのだ。

（こんな……、こんな、ことは……）

いけないことだ、許されざる行為だと、理性が警鐘を鳴らす。

今日だってずっと、自分の心は後ろめたさ、疚しさに苛まれ続けたではないか。

（でも、でも……）

昨夜初めて味わった喜びを、どうしても忘れられない。

彼の手を、どうやっても振り払えない。

またあんなふうに、シーザーに愛されたい。大切にされたい。

「………っ」

理性と欲望の狭間で、レティーシャの心は大きく揺れる。

「お願いだ、レティーシャ」

そう懇願するシーザーの声があまりにも甘く、切なかったから。

その声に、どうしようもなく胸を締め付けられてしまったから。

レティーシャは理性よりも欲望を選び、彼の言葉にこくんと頷いてしまったのだった。


その夜、寝支度を済ませたレティーシャは酷く落ち着かない気持ちでベッドに入り、シーザーの訪れを待っていた。

彼が二度目の情事の場に望んだのは、自分の客室ではなくレティーシャの寝室だった。

一度も夫に抱かれることがなかったとはいえ、夫婦の寝室で夫以外の男と情を交わす。

しかも、亡くなった夫の喪も明け切らぬうちに。その背徳的な行為に、レティーシャは罪悪感を覚えずにはいられなかった。

しかし二人の関係を隠すという意味では、この部屋が一番安全なのかもしれない。

レティーシャが使っているこの寝室は、義両親の部屋やエミールの部屋がある棟とは反対側の、しかも最奥に位置している。最低限の使用人しかいないこの屋敷で、レティーシャは自分の身の回りのことは自分でやっていたから、用がない限り主人の寝室に近づく者はいない。

唯一の懸念は、いつも許しを得ることなく勝手に部屋に入ってくるヴェロニカだったが、彼女からは『しばらくは街に滞在する。当分帰らない』と知らせがあったと、ケイデンスが言っていた。おそらく、宝飾品を売った金でしばらく遊び暮らすつもりなのだろう。

彼女の浪費ぶりには頭が痛いが、ヴェロニカの不在は、今のレティーシャにとって精神的にも、そしてシーザーとの関係を隠す上でもありがたかった。

夜の帳が下りてから、だいぶ時間が過ぎている。今ごろはもう、家族も使用人達もほとんどが眠りについているころだろう。

シーザーは、具体的な刻限をレティーシャに告げなかった。

ただ、夜に人目を忍んで会いに行く……とだけ。

そろそろ、だろうか。それとも、もう少しあとなのだろうか。

ソワソワと胸が騒ぎ、冷静でいられない。

まるで恋人の訪れを今か今かと待ち続ける乙女のようではないかと、レティーシャは自嘲する。

　これから行おうとすることに後ろめたさを感じる一方で、シーザーの訪れを待ち望んでいる自分が酷くはしたなく思えて心苦しかった。

　そんな葛藤を抱えながら、待つことしばらく。

　レティーシャの耳に、微かな足音が届いた。

「……っ」

　それからすぐに、辺りを忍ぶように小さなノック音と、シーザーの声が響く。

「入ってもよろしいですか？」

「え、ええ」

　レティーシャは上半身を起こし、彼の声に答えた。

　ほどなく、キイ……ッと扉が開いて、寝間着姿のシーザーが姿を現した。

　彼は音を立てないよう静かに扉を閉めて内鍵をかけると、レティーシャの待つベッドに歩み寄った。

　客室の簡素なベッドとは違い、主人夫婦のために用意された天蓋付きのベッドは大きく、そして立派だった。この部屋にある調度品は全て、レティーシャの両親が嫁ぐ娘のために揃えてくれたものである。

　その立派なベッドにちょこんと、所在なく座るレティーシャの華奢な身体を見つめ、シーザーは眩しげに目を細めた。彼の表情には、これから念願の花に触れんとする喜びが滲みでている。

「……っ」

こんなにも熱い、恋い焦がれるような眼差しを向けられることに未だ慣れないレティーシャは、彼の蒼い瞳から逃れるようにそっと顔を背けた。

「お待たせして申し訳ありません。なるべく遅い時間の方が、見つかりにくいと思ったので」

遅参の理由を口にしながら、シーザーがベッドに入ってくる。

そして恥ずかしそうに顔を逸らすレティーシャの顎をとり、自分に向けさせると、その小さな唇を己の唇で塞いだ。

「ん……っ」

ふにっと、唇を触れさせるだけのキス。かと思えば、形をなぞるように舌で唇を舐められ、咥内に侵入される。

柔らかな舌を絡め取り、唾液を吸い上げて。シーザーは思うまま、彼女の口腔を犯した。

深い口付けの合間、レティーシャははふはふと苦しげに息を吐く。経験が浅く、こういう時にどう振る舞うのが正解なのかわからない。自分もシーザーのように、彼の舌を舐め、唾液を啜るべきなのだろうか。

「んう……っ、ふぁ……あ……っ」

しかしそう思うものの、シーザーに口の中を犯されると頭が甘く痺れ、身体の力が抜けてしまい、どうにもやり返すことができないのだ。

そうして深い口付けを与えながら、シーザーはレティーシャの身体を抱き寄せ、頭を撫でる。

ちゅぷっと淫らな水音を立て、彼の唇がいったん離れた。二人の間に銀の糸が伝って、レティーシャは羞恥に顔を赤らめる。

「可愛い、俺の聖女様……」

一方シーザーは、彼女の初心な反応が愛おしくてたまらないとばかりに笑みを深め、もう一度口付けてくる。

「んぅ……っ、ど……して……っ」

キスの合間、レティーシャは自分をうっとりと見つめるシーザーに問うた。

「どう、して、あなたは私を、聖女と……呼ぶの……？」

シーザーはわずかに目を瞠ったが、すぐにうっとりと微笑みを浮かべて、彼女の質問にこう答えた。

「あなたは俺にとって、優しく、尊く、清らかで侵しがたい、聖女のように素晴らしい女性だからです」

清らかで侵しがたいという女を、己の手で犯す。その矛盾を、彼はどう考えているのだろうか。

そもそも自分は、そんなふうに思ってもらえるような女ではない……とレティーシャは自嘲する。自分は傷心を理由に夫ではない男に抱かれ、悦ぶような女なのだ。今だって彼を夫婦の寝室に引き込み、身を委ねている。

そんなはしたない女が、聖女であるはずがない。

「私は聖女じゃ……んんっ」

否定しかけたその口を、シーザーの唇が塞いだ。

今度は、触れるだけのキス。ちゅっ、ちゅっと音を立て、レティーシャの唇や頬、額、目尻と次々に標的を移し、口付けた。

「あっ……んっ、もう……っ」

そのくすぐったさに身を捩りながら、レティーシャはまるで人懐こい犬に顔中を舐められているみたいだと思う。

やがて口付けを贈ることに満足したのか、それだけでは満足できなくなったのか、シーザーの手がレティーシャの胸元に伸び、ナイトドレスのリボンを解く。

普段はナイトドレスの下にシュミーズを着ているのだが、今宵は迷いに迷った末、肌着を身につけるのをやめた。

寝間着の胸元がはだけて、すぐに胸のふくらみが露わになる。シーザーは一瞬驚きに目を見開き、次いで彼女の意図を察したのか、喜びに口元をほころばせた。

「んんっ……」

彼はそっとレティーシャを押し倒すと、両手でまろやかな胸を揉み寄せ、白い柔肌に唇を這わせる。

「ああ……っ」

熱く、ねっとりとした舌に胸を舐められたかと思うと、噛みつくように、強く吸いつかれる。そうやって彼は、白い肌にいくつも赤い花を咲かせていった。レティーシャはもう自分のものだと、証を刻むように。

乳房への愛撫は続く。ひとしきり柔肌を舐め回したシーザーは、いよいよその標的を最も敏感な部分――すでにプクリと勃ち上がっていた頂へと移した。

「あっ……あぁっ……」

昨夜よりも丹念に、執拗に、硬くしこったふくらみを弄る。指の腹で擦って、摘まんで、時には赤子のように吸いついた。

「んっ、あっ、あ……っ」

そうされると酷く感じてしまって、レティーシャの腰が無意識に揺れる。小さく開かれた唇からは、堪えきれない嬌声が零れ出た。

そんな反応を満足げに見やり、シーザーは右手で彼女の身体を撫で回し始める。

未だナイトドレスに覆われた腰から太もものラインを辿って、裾を捲し上げ下肢を晒す。そこは上半身と違って、下着に隠されていた。

シーザーは器用にも、口と舌で胸への愛撫を続けながら、片手で邪魔なドロワーズのリボンを解き、彼女の足から抜き去る。

「あっ……」

恥ずかしい部分が外気に晒され、その心もとなさにレティーシャは思わず声を上げた。

これまでのキスや愛撫で、彼女の秘所はしっとりと濡れそぼっている。

シーザーはいったんレティーシャの胸元から顔を離し、露わになった彼女の下肢へ視線を向けた。サイドテーブルに置かれたランプのほのかな灯りの中、彼女の髪色と同じ淡い金の下生えが蜜に濡れ、淫らに光っている。それにこくりと息を呑み、彼は引き寄せられるように、そこへ手を伸ばした。

「んんっ……」

男の骨ばった手に濡れた茂みを撫でられ、恥丘を辿られる。ただ触れられただけでも下腹の奥がキュンッと疼き、切なかった。

やがてシーザーの指が花弁を割り、慎ましい花芯に触れる。

「やっ……だめっ……」

蜜にまみれた敏感な部分は、胸の頂と同じくぷっくりとしこっていた。

そこに触れられると気持ち良すぎて、頭がおかしくなる。

レティーシャは本能的な恐れに突き動かされて制止の声を上げたが、シーザーがそれくらいで手を止めるはずもなかった。

「んあっ……」

敏感な部分を擦られ、大きな声が出かけたのを必死に堪える。

今は昨夜のように音を隠してくれる雨は降っていないのだ。

あまり騒いでは他の部屋に届いてしまうかもしれない。それは絶対に避けたかった。

嬌声を漏らすまいと、レティーシャは唇を噛んで快感に耐える。それにすぐ気づいたシーザーは、彼女の口を塞ぐように唇を奪った。

「んん……っ」

咥内は彼の舌に犯され、左手で胸を弄られ、右手で淫花を責められる。

いっそう激しさを増す愛撫に、レティーシャは身を震わせ、快楽に悶えた。

（あっ……もうっ、だめ……っ。なにか……っ、なにか……がっ、くる……っ）

快感のうねりが高まり、果ての気配が近づいてくる。

そして、シーザーの指が胸の頂と秘所の花芯を同時に摘まんだ瞬間――

（あああああっ……！）

レティーシャはびくんっと背を弓なりに反らし、最初の絶頂を迎えたのだった。

彼女が果ててすぐ、シーザーが身を離したことで、解放された口が空気を求めてはくはくと喘ぐ。

「……っ、はぁ……っ、はあ……っ」

ナイトドレスは乱れに乱れ、絶頂の余韻に浸るレティーシャをより蠱惑的に見せていた。

そんな彼女のすぐ横で、シーザーは自分の寝間着を脱ぎ始める。

彼の逞しい身体がみるみる露わになっていくのを、レティーシャはぼうっと眺めていた。

改めて見てみると、シーザーの身体はあちこちに傷痕が残っている。その傷の多さが、騎士という職務の過酷さを物語っているように感じられた。

「……気になりますか？」

レティーシャの視線が自分の傷を捉えていることに気づいたのだろう。全てを脱ぎ去ったシーザーが、苦笑を浮かべて問いかけてくる。

「……ええ。もう、痛くないの？」

「痛みはもうありませんよ。お見苦しいものをお見せして、申し訳ありません」

「見苦しいだなんて。この国を守るために負った、名誉の傷でしょう？」

立派だと思いこそすれ、醜《みにく》いと感じる気持ちはレティーシャにはない。

「名誉の傷……も、ありますが、中にはつまらない喧嘩で負った傷もありますよ」

「つまらない喧嘩……？」

どこかで聞いたフレーズだとひっかかりを覚えながら、レティーシャは首を傾げる。

「ええ、若気の至りってやつです」

そう言って、彼はレティーシャの隣に横になると、彼女の手をとって自分の古傷に触れさせた。

肉が硬く盛り上がり、引きつったような痕を肌に残している。

今はもう痛くないと言うが、傷を負った当時はきっと痛かっただろうと思うと、胸が締め付けられる思いがした。

そしてふと、彼と同じく騎士として戦い続けた夫アーノルドの身体にも、こんなふうに傷痕がたくさん残っていたのだろうか……と思う。

妻であったのに、自分はアーノルドの身体に傷痕があったのかさえ知らない。

でもきっとヴェロニカは、今の自分のように彼の傷痕に触れたのだろう。そして、アーノルドの腕に優しく抱かれ、愛されたのだろう。

そんな考えが頭を過って、心が塞いだ。

「……今、師団長のことを考えていたでしょう？」

自分の傷に触れたまま押し黙ってしまったレティーシャに、シーザーが優しく問いかける。彼女ははっとして、自分を見つめる彼の蒼い瞳を見返した。

「どうしてわかったの？」

「わかりますとも。師団長のことを思い浮かべている時、あなたはいつも悲しみに瞳を曇らせ、傷ついた顔をしている」

（それは……）

それは、あなたも同じだわ、とレティーシャは思った。

自分が亡き夫のことを考えている時、それを見るシーザーの眼差しは同じように悲しげに曇り、傷ついた表情を浮かべるのだ。

彼はレティーシャを愛しているという。だから、レティーシャが未だ夫に心を残しているのを察して、胸を痛めているのだろう。

「ごめんなさい……」

自分はなんて酷いことをしているのだろうと、改めて思い知らされる。

これまで何度となく自分を励まし、慰め、支えてくれた優しいシーザー。レティーシャは、彼のことを憎からず思っている。でなければ、たとえ自暴自棄になっていたのだとしても、シーザーに身体を許したりはできなかっただろう。

しかし夫の裏切りを知ってしまったとはいえ、それまでずっと恋い慕っていた相手に対する愛情が綺麗さっぱりなくなったわけではない。

そんな中途半端な状況で、自分に一途な想いを向けてくれるシーザーと情を交わすなど、許されないことだろう。

なのに、止められない。そして、止められない自分の弱さや醜さに嫌悪感を覚える。

これまで何度も苛まれてきた後ろめたさに、レティーシャの胸はズキズキと痛んだ。

「……謝らないでくれ」

シーザーは切なげに呟いて、レティーシャの身体を抱き寄せた。

「あなたは何も悪くない。ただ俺が、あなたの弱みに付け込んでいるだけなんだから」

悪いのは自分なのだと、彼は言う。

だから、あなたはご自分を責めなくてもいいのだと。

「シーザー様……」

「シーザーと呼んでください、レティーシャ。二人きりの時だけは。俺も、あなたをレティーシャと呼ぶから」

……本当に、いいのだろうか。

彼の愛に甘えて、苦しみから目を背けてしまっても、いいのだろうか。

葛藤が込み上げ、レティーシャの心を苛む。

けれどシーザーはそんな彼女を誘惑するように、レティーシャの耳に甘く囁きかけた。

「愛してる、レティーシャ」

「…………っ」

その一言に、泣きたくなるくらいの切なさと喜びが心の内から込み上げてくる。

──そうだ、自分は愛されたいのだ。

たとえ一時だけでも、彼の愛に溺れ、辛いこと、苦しいことを全部忘れてしまいたい。

何も考えられなくなるくらい、愛されたい。

だって、彼もそれでいいと言ってくれたではないか。

「……ありがとう、シーザー」

レティーシャが泣き笑いにも似た表情を浮かべ、初めて彼を『シーザー』と呼ぶと、彼は嬉しそうに破顔して、彼女の額にちゅっとキスをした。

「俺の言葉なんて信じられないかもしれない。けれど、嘘じゃないよ。本当に愛しているんだ、レティーシャ。俺の……俺だけの聖女様」

「ん……っ」

そして二人は、どちらからともなく口付けを交わした。

最初触れるだけだったキスは徐々に深くなり、レティーシャはその激しさに溺れる。

「……ぁっ、んん……っ」

唇から零れる吐息は悩ましく、一度は鎮まりかけていた快楽の炎が、また全身に燃え広がっていった。

「あっ……ああっ……」

誰に教わるでもなく、レティーシャは淫らに身体をくねらせる。

横向きのまま寝そべり、抱き合っていた二人の身体は今、シーザーがレティーシャを押し倒すような体勢に変わっていた。

彼はレティーシャの肌を愛おしげに撫で回し、白い太ももを割り開く。

ぴったりと身体を合わせていたために、彼の剛直がすでに硬く屹立していることを、レティーシャは身をもって知っていた。

「……シーザー……」

不安と、期待。そしてわずかに残る後ろめたさに揺れる彼女の瞳を見やり、シーザーは微笑む。

「大丈夫」

「ん……っ」

レティーシャの瞼に口付けを落とし、シーザーは囁いた。

「悪いのは俺で、あなたには何の罪もない。全部俺のせいにして、溺れてしまえばいいんだ」

彼の言葉はまるで麻薬のように、レティーシャの心を絡め取った。

そして、惑う心とは裏腹に蜜をたっぷり零す秘裂へと、シーザーの自身が宛てがわれる。

「……まだ、痛いかもしれない。でも、止められないんだ。すまない」

そう謝ってから、彼はゆっくりと腰を押し進めた。

「んんっ」

まだ一度しか男を受け入れたことのない淫花は硬く、昨夜ほどではないものの、痛みが襲ってくる。

「んあ……っ」

痛くて、苦しい。体格の良いシーザーの剛直は、小柄なレティーシャには大きすぎて辛かった。

けれど、レティーシャはもう知っている。今ここに埋め込まれた楔《くさび》が、ただ自分に苦痛を与えるだけのものではないことを。

「あぁ……っ」

やがて、シーザーの剛直が最奥まで収まる。全裸のシーザーとは違い、中途半端にナイトドレスを着崩されて彼と繋がるレティーシャは酷く淫らで、男の征服欲を大いに満たすような姿だった。

「……っ」

目を涙で潤ませ、頬を上気させ、己を見上げてくるレティーシャを見やり、シーザーは息を呑む。彼は一呼吸置いたあと、ゆるゆると腰を動かし始めた。

「んっ、あっ、んんっ……」

小刻みに奥を突かれる度、レティーシャの唇から嬌声が零れる。

彼女は慌てて自分の指を噛み、声を堪えた。

「レティーシャ……っ、レティーシャ……っ」

肌と肌がぶつかる音、蜜壷から零れる雫が掻き回される水音が、二人きりの寝台に響き渡る。

「……っ！　あっ……！」

その時、ふいに敏感な部分を突かれ、レティーシャはびくんっと身体を震わせた。

その変化をシーザーが見逃すはずもなく、彼はにっと笑みを浮かべると、今レティーシャが反応した部分を重点的に攻め始めた。

「そうか、あなたはここが感じるんだな……」

「んっ、んんーっ」

弱いところを容赦なく攻め立てられて、噛んだ指の間から声が溢れそうになる。

いつの間にか、レティーシャは痛みを忘れていた。彼女の頭を占めるのはただ、快楽を享受する悦びのみ。

そして、巧みに緩急をつけた腰の動きに翻弄されたレティーシャは、再び果てへと押し上げられる。

「んんっ、んっ、んんーっ！」

じゅぷっ！　と一際激しく突かれた瞬間、レティーシャはびくびくっと身体を震わせ、二度目の絶頂を迎えた。

「……っ、くっ、はあっ……」

果ての余韻に震えるレティーシャに数度腰を打ちつけたあと、シーザーは剛直を抜き取った。それから、今にも暴発しそうな屹立を掴むと、昨夜と同じく彼女の腹に向け、白濁を解き放つ。

「あ……っ」

これで終わりなのねと、レティーシャが微かな寂しさから思わず声を漏らした直後、彼はレティーシャの身体を反転させ、その真っ白いお尻に自身をぴたりと触れさせた。

（え……っ）

「すまない、もう少しだけ付き合ってほしい……っ」

白濁に汚れた肉棒を擦りつけるように、シーザーが腰を前後させる。一度精を吐いてくったりとしていた剛直がみるみる硬さを取り戻していくのを、レティーシャは文字通り己の肌で感じた。

「……っ、んっ、はぁっ……」

荒く、切なげな彼の吐息が背中にかかる。

淫花を直接弄られたわけではないのに、下腹の奥がキュンと疼いて切なかった。

「ぁっ……んっ……」

気づけばレティーシャは、はしたなくねだるように自分の腰を上げ、彼に向かって尻を突き出していた。ただ尻の肉を擦られるだけではもう我慢できない。早く自分を貫いて、もっと自分を犯してと、訴えるかのように。

彼女の願いに応え、シーザーはレティーシャの細腰をがっしりと掴んだ。そして尻に当てていた自身を、とろとろに濡れ乱れる花の中心に添わせる。

「……っ、んん～～っ！」

ずぷんっと後ろから貫かれ、レティーシャはたまらず枕に顔を埋めて声を殺した。

軽く果ててしまいそうなほど、彼の剛直を突き立てられるのは気持ち良い。

そして至上の快楽を覚えているのは、レティーシャだけではなかった。

「……くっ、本当に、あなたの中は狭くて、熱くて、最高だ……」

最奥まで自身を埋め、うっとり呟くと、シーザーはそれからすぐに腰を打ちつけ始めた。

「んっ、んっ、あっ……んっ、んぁっ」

小刻みに突かれて、レティーシャの華奢な身体が揺れる。

後ろからこんなふうに犯されるなんて、まるで獣の交わりのようだ。しかしその背徳的な行為がより自分の心を昂ぶらせていることに、レティーシャは気づいていた。

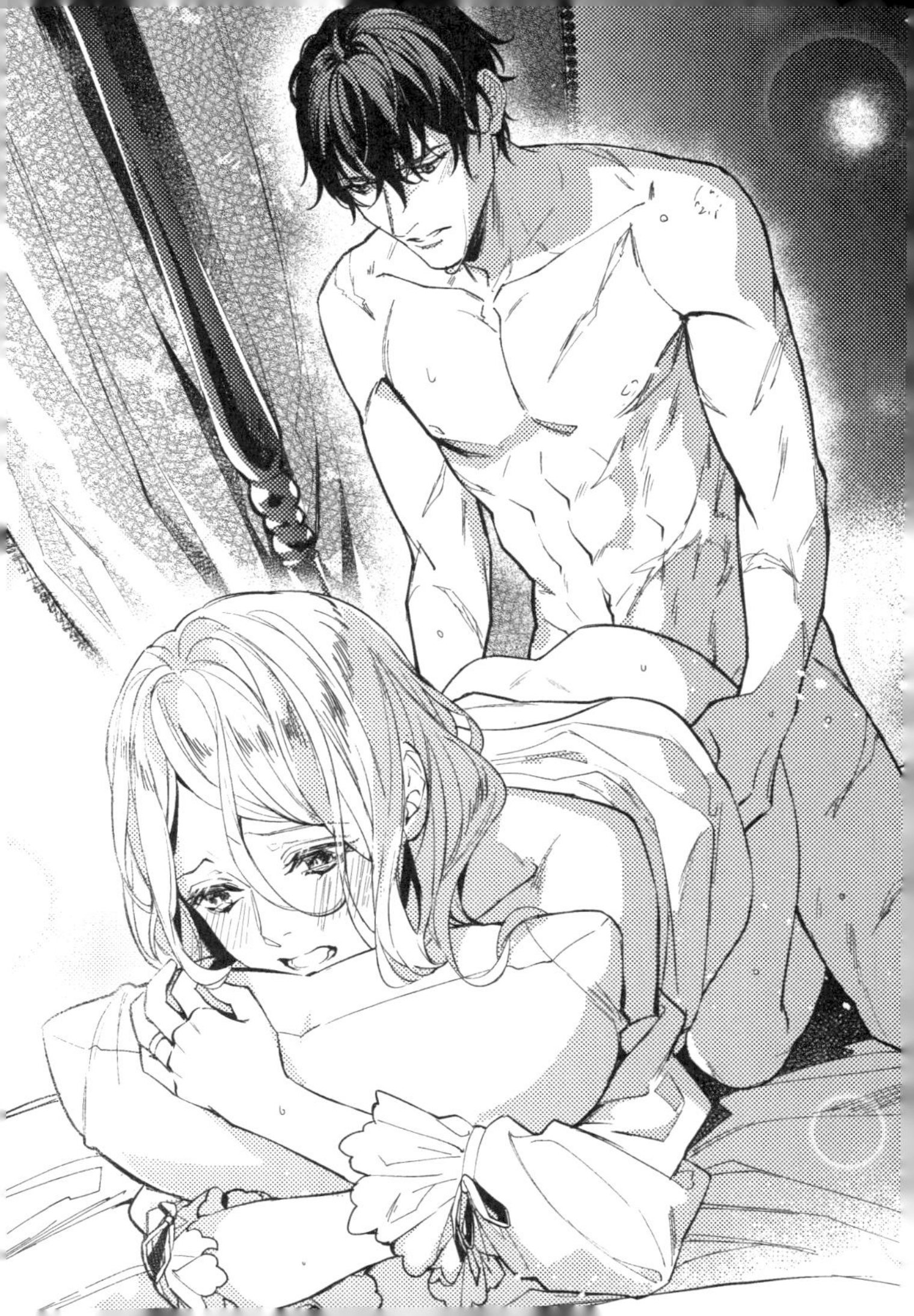

（ああっ……、シーザー……っ）

もっと、して。激しく。獣のように、私を犯して。

（また……っ、くる……っ。きちゃう……っ）

「んんっ、あっ……ああっ……」

何度も穿《うが》たれ、レティーシャは最後、枕からわずかに唇を離し、くぐもった声で絶頂の声を上げた。

「……っ」

再び力を失くしたレティーシャの腰をしっかりと抱き、シーザーが数度腰を打ちつける。

「くっ……」

彼女に遅れて果てを迎える直前、彼は名残惜しげに自身を締め付けて離さないレティーシャの淫花から剛直を抜き去ると、尻のふくらみめがけて精を放った。

（あっ……）

パタタッと、肌に熱い飛沫が浴びせられる。一度目は腹に、そして二度目は尻に白濁をかけられ、レティーシャはほの暗い陶酔を覚えた。自分が彼の精に汚され、そこから侵食されていくような心地がして、ぞくぞくっと震えがくるほどの悦びを感じたのだ。

たった二晩のうちに、自分はずいぶんと穢《けが》れ、堕《お》ちてしまった。

レティーシャはふと、そんなことを思う。

「……辛いところはないですか？」

シーザーはそっとレティーシャの身体を仰向けに戻し、彼女の汗ばんだ頬を撫で、身体の不調を尋ねてきた。

先ほどまで容赦なく攻め立てていたのが嘘のようにその目は優しく、レティーシャに対する深い愛情に満ちている。

「大丈夫……」

まだ整わない息を荒く吐きながら、レティーシャは答えた。

彼に温かい眼差しを向けられていると、なんだか怖いものなんて何もないように思えたのだ。

するとシーザーはほっとした様子で、レティーシャの身体をそっと、優しく抱き締めてくれた。

「んっ……」

情を交わしたばかりの肌はお互いに熱く、汗や体液で濡れている。けれど、レティーシャはそれを不快には感じなかった。

シーザーはレティーシャの乱れた髪を整えるように指で優しく梳《す》き、言う。

「あなたの髪は月の光によく似ている」

「シーザー……」

「とても綺麗だ」

深い愛情が感じられる彼の言葉に、レティーシャの胸がどうしようもなく高鳴った。

「夜が明ける前に帰るから、それまではずっと一緒にいてもいいですか？」

レティーシャの髪を撫でながら、シーザーが囁いた。

彼もまた、自分と離れがたく思ってくれているのかと思うと、嬉しくなる。

「……ええ」

夜が明けるまで、シーザーが傍にいてくれる。

気を抜いた途端襲ってきた疲労感と睡魔に、レティーシャは満たされた気持ちで深い眠りの淵に落ちていったのだった。

＊　＊　＊

自分の腕の中で、愛しい女性が眠っている。

その安心しきった寝顔を見て、シーザーはこの上ない喜びを覚えた。

レティーシャがそれほど自分に気を許してくれているのだということが、嬉しくてならない。

「レティーシャ……」

囁いた声にさえ、隠しきれない想いが滲んでいるのが自分でもわかる。

彼は抱擁を解くと、上半身を起こし、レティーシャを起こさないようにそっと彼女の頬に触れた。

ランプの灯りに照らされたレティーシャの白い肌は、情事の名残かうっすらと上気して、酷く艶めかしい。おまけに身体のそこかしこに、自分が刻んだ赤い花が咲いている。

男を知らない彼女の無垢な身体に最初に触れたのが自分なのだと思うと、それだけで昨日の夜からずっと心が満たされていた。

シーツの上に波打つ淡い金色の髪も、今は閉じられた菫色の瞳も、ほんのり色づいた小さな唇も、そこから発せられる甘い声も、力を入れれば簡単に折れてしまいそうなほど華奢な身体も、彼女を構成する何もかもがシーザーの心を捉えて放さない。

けれど——

「…………」

無防備に投げ出されたレティーシャの左手の先。薬指に嵌められた指輪を目にして、彼は忌々しげに表情を歪めた。

彼女は自分に純潔を捧げてくれた。そして今宵も、こうして自分に身を委ねてくれた。

けれどレティーシャの心は未だあの男——この指輪の贈り主であるアーノルドに縛られている。今もなお彼女の左手にある結婚指輪が、その証に思えてならなかった。

レティーシャは夫の裏切りを知っても、この指輪を外さなかった。

わかっているのだ。彼女はずっと一途にあの男を愛していた。だからこそ、真実を突きつけられて心が壊れるほど悲しみ、傷つき、苦しんだのだ。自分はその弱みに付け込み、自暴自棄になっていた彼女の身体を手に入れただけ。

自分はレティーシャを愛しているけれど、彼女は自分を愛してはいない。

端から承知していたはずなのに、その事実はシーザーの胸に刺すような痛みを与えた。

「…………」

彼はそっと、薬指の指輪に触れる。

今もなおレティーシャの心を捉え続ける、憎い男の贈った指輪。

いっそ彼女が寝ている間にこの指から抜き取って、森か山にでも捨ててしまおうか。熱く燃えたぎる炉に投げ入れ、ドロドロに溶かしてしまうのもいいかもしれない。指輪と共に、レティーシャが亡き夫に向ける恋心も消えてしまえばいいのだ。

だが、夫の形見とも呼べる指輪がなくなってしまったら、レティーシャは悲しむかもしれない。行方の知れなくなった指輪を、泣きながら探し続けるかもしれない。

そんな彼女の姿は見たくなかった。

ふいに、昨夜のレティーシャの泣き顔が脳裏に浮かぶ。自分が純潔であるとシーザーに悟られた時の、傷ついた表情。彼女は夫に女として愛されなかった自分を恥じ、自信をなくしていた。

愛する人の純潔を散らせることに喜びを覚える一方で、シーザーは彼女が哀れに思えてならなかった。そして、レティーシャを傷つけているくせに、今も彼女に愛されているアーノルドのことが憎くてたまらない。いっそこの手で八つ裂きにしてやればよかったと思うほどに、シーザーの怒りは深く激しかった。

（どうして……）

どうして彼女ばかりが、あんなに傷つけられなくてはならないのか。

どうしてあんな扱いを受け、手酷く裏切られても、あの男に心を残すのか。

問いかけたところでどうにもならない問いを、シーザーは心の中で呟く。

かわいそうなレティーシャ。そして、誰よりも愛しいレティーシャ。

愛する喜びと愛されない苦しみを自分に与える唯一の人。

彼女が他ならぬ自分に身を委ねてくれて、嬉しかった。レティーシャに触れる度に心が昂ぶり、満たされていくのを確かに感じている。

しかしその一方で、彼女が愛情から自分に抱かれているわけではないのだと思い知らされる度、胸が切なく痛む。レティーシャを憎らしく思う瞬間すらある。

それでも、自分は……

「あなたを、手放してやれない」

愛しているのだ。彼女の想い人が自分ではないとわかっていても、レティーシャに恋い焦がれる気持ちは変わらない。それどころか、執着心はいっそう募るばかり。

いっそこの屋敷から彼女を連れ出して、誰の手も届かない場所に閉じ込めてしまおうか。そうしてレティーシャが自分のことだけを想ってくれるようになるまで、彼女をドロドロに甘やかし、奉仕し続けるのだ。

ふいにそんな妄想が頭に浮かんで、シーザーはふっと自嘲の笑みを零す。

どうやら自分は、この恋に相当溺れてしまっているらしい。

シーザーはレティーシャの髪を梳き、一房手に取って、その柔らかな金の波に口付けた。

「愛しているんだ、レティーシャ」

何度心の中で彼女に告げたかわからない言葉を吐露する。

「俺はあの男とは違う。絶対に、あなたを裏切らない。あなただけを愛し続ける。絶対に幸せにする。だから……」

お願いだから、俺を見て。あんな男のことは忘れて、俺に溺れて。俺だけを愛して。

心の奥底からそんな願望が込み上げてきて、想いが溢れて、止まらなかった。

「レティーシャ……」

これから先、どれだけこの気持ちを伝えたら、彼女は自分に心を傾けてくれるだろう。

こうして傍に居続ければ、いつか自分がレティーシャを想うのと同じくらい、自分を愛してくれるだろうか。

「……今はまだ、身体だけの関係でも構わない」

彼女の柔らかい髪を弄びながら、シーザーはぽつりと呟く。

レティーシャを慰めることができるなら、喜んで情夫の地位に甘んじよう。

でも、いつか……と、思わずにはいられない。

「俺は、あなたが欲しい」

彼女の身体だけじゃなく、心も手に入れたい。

アーノルドから奪ってやりたい。レティーシャの身も心も、自分だけのものにしたい。彼女を誰にも渡さない。渡したくない。

「欲しい、欲しい、欲しい、レティーシャ……」

胸を焼き焦がすほどの激しい想いを湛え、シーザーは切なげに愛する女の名を呼んだ。

そして眠るレティーシャの身体を再び引き寄せ、その腕の中に閉じ込めて逃がすまいとするかのように、強く強く抱き締めたのだった。

第六章　溺れる身体、移りゆく心

「んっ、んんっ……」

裏庭にある小さな薪小屋の中に、くぐもった女の吐息と水音が響く。

レティーシャは板張りの壁に手をつき、立ったまま、後ろからシーザーに貫かれていた。

夫の死を悼む黒のドレスの胸元は淫らにはだけられ、裾は大いに捲し上げられて、彼女の白い脚を晒している。

「……あっ、シーザー……っ。だめよ、こんな……んっ、ところ、で……っ」

「大丈夫、この時間、誰も裏庭には近づかない……っ、からっ……」

目に涙を湛えて訴える彼女の耳元に甘く囁き、シーザーは何度も腰を打ちつける。

「あっ、ああっ」

そうされる度、結合部から淫らな水音がして、レティーシャの羞恥心をより煽った。

初めて身体を重ねて以来、二人は人目を忍んで毎夜の如く情を交わしている。

しかし今日のようにまだ日のあるうちから、それも粗末な薪小屋の中で交わるなんて、初めてのことだった。

（薪割りをしているシーザーにお茶とお菓子を差し入れに来ただけなのに……っ）

気づけば彼女は言葉巧みに薪小屋へ連れ込まれ、シーザーに「焼き菓子よりもあなたが食べたい」と囁かれ、彼に貪られることになった。

「やっ、あっ……」

シーザーは大丈夫だと言うが、誰かが薪を取りにやってくるかもしれない。

こんないやらしい姿を誰かに見られてしまうのかもしれないと思うと、恐ろしさに身が竦む。けれどその一方で、胸がドキドキと高鳴り、下腹の奥が疼いてしまうのは何故だろう。

「やめて……っ、シーザー……っ」

言葉とは裏腹に、彼女の蜜壷はしとどに蜜を垂れ流し、シーザーの自身をきゅっと締め付けて離さない。

シーザーはくすっと笑って、彼女の耳朶《じだ》を甘く食んだ。

彼女が本気で嫌がってはいないことを、彼は知っているのだ。

「あっ……」

「声を抑えて、レティーシャ。あなたの可愛い声を聞きつけて、誰かがここへやってくるかもしれない」

「ンッ……」

囁き声に脅されて、レティーシャは素直に口を噤む。

ふっと、シーザーが微笑む気配がした。

「あなたは、こうして後ろから犯されるのがお好きでしょう？」

「……ぁっ」

レティーシャの頬が、いっそう羞恥に染まる。

しかし否定できなかった。そして、抵抗もできなかった。

頭ではいけないことだとわかっていても、彼と肌を合わせるのはとても心地良くて、逆らえないのだ。

快楽があっという間に心を支配して、なけなしの理性を駆逐《くちく》する。

いつだってシーザーは、貞節な未亡人の仮面をあっという間に剝ぎ取ってしまうのだ。

（そう……。私は、彼にこうやって犯されるのが、好き……っ）

「あっ、ああ……っ」

「はあっ……。レティーシャ、俺の……っ、レティーシャ……っ」

「……んっ、んあ……っ」

（ああっ……！）

抽送が一際激しくなり、耐えきれず、レティーシャはびくっと身を震わせて絶頂に達する。

それに遅れて、シーザーも自身を抜き去り、彼女の尻に精を吐いた。

「あ……っ、いや……っ」

彼が離れていくのが惜しくて、つい声を上げてしまう。

そんなレティーシャが可愛くてならないとばかりに笑みを深め、シーザーが言った。

「今綺麗にしてあげるから、待っていてください」

彼は自身の身形をさっと整えると、トラウザーズのポケットから手巾を取り出し、彼女の尻に零した白濁を拭う。

次いで薪の山に彼女を座らせ、脚を開くよう命じた。

「で、でも、そんな……」

恥ずかしいと躊躇うレティーシャに、「いいから」と微笑んで、ドレスの裾を彼女に持たせる。レティーシャがおずおずと脚を開いていくと、シーザーは彼女の前に跪き、露わになった股ぐらに顔を埋め、自分の舌でそこを清め始めた。

「んっ……、んんっ……」

「……おかしいな。舐めても舐めても、どんどん蜜が溢れてくる」

彼はぴちゃぴちゃと音を立てて蜜を啜り、時折レティーシャの花芯を舌で突いては、からかうようにささめく。

「んんっ、い、意地悪しないで……っ」

レティーシャは目に涙を湛えながら訴えたが、シーザーは聞き入れない。それどころか、彼女をさらに煽るように、敏感な花芯を軽く甘噛みしてきた。

「ひあっ……」

びくびくっと腰を揺らして、レティーシャが短い悲鳴を上げる。

「ああ、また蜜が溢れてきた。あなたは本当に可愛らしい……」

シーザーはうっとりと呟いた。そこで話されると、彼の吐息が秘裂に当たってくすぐったく、また酷くもどかしい。

いっそ果てさせてくれたらいいのに、彼はそうせず、焦らすような愛撫を続けた。下腹部の疼きが切なくてならず、レティーシャは息も絶え絶えに、「もう許して」と訴える。

「シーザー……っ、お願い……っ」

「すっかりおねだりが上手になりましたね。それでは……」

彼はレティーシャの秘所から顔を離すと、蜜壷に指を沈めていく。

一度シーザーの剛直に犯された淫花は、あっさりと彼の指を受け入れた。

「あっ、ああっ……」

指の腹で奥の肉壁を擦られ、蜜を掻き出される。

思わず声を漏らしてしまうほど気持ち良い。……けれど、物足りない。

「……っ、シーザー……っ」

淫靡に潤む菫色の瞳が、これでは足りないのだと訴えかける。

シーザーはくっと笑みを浮かべて、レティーシャを満足げに見つめた。

「ああ、あなたは男を煽るのが実にお上手だ」

「……んっ」

蜜壷を指で犯しながら、彼の顔がレティーシャの眼前に迫る。

ちゅっと、唇に触れるだけのキス。それからすぐ深く奪うような口付けをして、シーザーは彼女の淫花から指を抜き取り、下着ごとトラウザーズの前を寛《くつろ》げた。

「ああっ……」

望んでいた太い屹立が、濡れた秘裂に触れる。

それはぐぷぷっと音を立て、レティーシャの隘路に挿入《はい》ってきた。

「んん……っ」

シーザーが力強く腰を押し進め、二人は再び一つに繋がる。

「……レティーシャ、辛くはない、ですか……？」

「ん……」

大丈夫だと小さく頷くと、シーザーはレティーシャの頭を愛おしげに撫でてくれる。

彼はいつも優しい。先ほどのようにちょっと意地悪な仕打ちをしかけてくる時もあるけれど、基本的にはレティーシャのことを第一に考え、大切に愛してくれる。

だから自分は安心して、快楽に溺れていられるのだ。

「あっ、ああ……っ」

シーザーはレティーシャの身体をぎゅっと抱き締め、腰を打ちつけ始めた。

（シーザー……っ、シーザー……っ）

彼に抱かれ、愛される時間が好きだ。頭の中が気持ち良いことでいっぱいになって、嫌なことを全部忘れていられる。

シーザーの腕に抱かれている時だけは、夫に見向きもされなかった惨めな未亡人ではなく、男に愛される女になれる。

許されない行いだと知りながら、レティーシャは彼の献身的な愛に溺れた。

夫の手ではなく、夫の部下であるシーザーによって初めてもたらされた女の悦び、愛される喜び。

それは傷ついたレティーシャの心を癒やし、彼女を美しく、淫らに花開かせた。

「レティーシャ……っ」

「ああっ……、シーザー……」

切なげに自分の名前を呼び、縋るように抱き締める目の前の男を、レティーシャは心から可愛いと思った。

ひたむきに自分を愛し、今はまだアーノルドの身代わりでもいいと言う、健気な男。

彼に抱かれるようになって、シーザーの愛を一身に注がれて、レティーシャは少しずつ、夫との切ない記憶も裏切られた悲しさや痛みも受け入れられるようになってきた。

でも……。

どうして彼は、こんなにも自分のことを愛してくれるのだろう。

ふいにそんな疑問が頭を掠め、情事に溺れていたレティーシャの意識を現実へ引き戻す。

シーザーと会ったのは、彼がアーノルドの訃報を届けに来たあの夜が初めてだ。あれから、まだ三か月も経っていない。その短い間に、シーザーはいつ、どうして、自分に愛情を抱くようになったのだろう。

彼は本当に、自分を……

「レティーシャ」

刹那、地を這うような低い声で名を呼ばれ、レティーシャはびくっと身を震わせる。

「……また、師団長のことを考えていたのですか？」

「ちがっ……んんっ」

否定しかけたその唇に、シーザーが噛みつくようなキスをする。

「……っ、こんなに、愛しているのに。まだ、あの男のことが忘れられないのか」

「シーザー……」

怒りと憎しみを孕んだ瞳が、レティーシャを責める。

彼にこんな眼差しをぶつけられるのは初めてで、レティーシャは心が竦んだ。

けれど同時に、これほど激しい妬心《としん》を抱くほどの想いをシーザーが自分に向けているのだと安堵し、ほの暗い喜びを覚える。

「……くそっ」

シーザーは忌々しげに毒づき、荒々しく蜜壷の奥を穿った。

「ひあっ……」

息もできないほどきつく身体を抱き締められ、最奥まで容赦なく楔を穿たれて、苦しい。

するとシーザーははっとして力を抜いた。

「すみません。……師団長の代わりでもいいと、俺が自分で言ったのに」

「シーザー……」

どうしよう、誤解を解かなくては。

アーノルドのことを考えていたのではなく、あなたのことを考えて、悩み、気もそぞろになってしまったのだと。

……けれど、どうしてだろう。レティーシャは何も言えなかった。

彼が亡き夫に嫉妬《しっと》してくれたのが嬉しくて、もっと妬いてほしくて、口を噤んでしまったのだ。

（ああ……）

苦しむシーザーの姿を愛おしいと感じる自分は、なんて心の醜い女なのだろう。

（ごめんなさい、ごめんなさい……っ）

自分はアーノルドにも、そしてシーザーにも、相応しくない女だ。

そのつもりがなくとも夫を金の力で縛り、今はシーザーの一途な想いを都合良く利用して、官能を享受している。

でも、それでも、目の前の騎士を手放すことができない。

「……ぎゅっとして、シーザー」

「レティーシャ……」

自分の醜さから目を背け、レティーシャは彼に抱擁をねだる。

シーザーは戸惑いつつも、強く抱き締めてくれた。

「動いて。もっと、気持ち良くして」

「ああ……」

レティーシャの言葉を受けて、シーザーが再び抽送を開始する。

最初は彼女の様子を窺うようにゆっくりと。しかしレティーシャが自ら腰を揺らしているのに気づくと、だんだんと激しさを増していく。

「あっ、あっ、あぁっ……」

「レティーシャっ……、レティーシャ……っ」

「ああっ……！」

快楽の波が極限まで高まって、彼女は再び絶頂を迎えた。と同時にレティーシャの淫花がきつく彼の自身を締め付ける。

「くっ……」

シーザーは、細腰を摑んだ手に力を入れて彼女の坩堝《るつぼ》に白濁を放った。熱い飛沫に身体の奥を犯される感覚に、レティーシャは身悶える。

シーザーが彼女の秘奥に精を吐露したのは、これが初めてだった。

彼はアーノルドへの嫉妬を抑えきれず、レティーシャを孕ませてやりたいと思ったのかもしれない。

だがその執着が、今のレティーシャには心地良かった。

（……赤ちゃんが、できてしまうかもしれないわね……）

情事の熱に浮かされる頭で、「それでも構わない」と、レティーシャは思う。

もしこのお腹に、シーザーの子を宿すことができたら……

（ああ……）

それはなんて素晴らしいことだろうと、レティーシャはほの暗い微笑みを浮かべた。


シーザーとの関係を続けるにつれ、自分がどんどんと醜く、浅ましくなっていくのを、レティーシャは感じていた。

彼と二人で情交に溺れている時は、それでもいいと思える。むしろ、自分が身も心も穢れ、地に堕ちていく感覚が心地良いとさえ思う。

しかし一人になった時、レティーシャは無性に、そんな自分の変化が恐ろしくなるのだ。

狂気と正気の狭間で、彼女は葛藤していた。

自分はいったい、どうすればいいのかと。

普通に考えれば、シーザーとの関係を絶つべき、なのだろう。夫の部下と淫らな行為に耽《ふけ》るなんて、許されざる行いだ。

欲望を捨て、伯爵家の女主人として恥じないよう、身も心も貞淑にならなければ。そしてこの家を守り、後継であるエミールの養育に全力を注ぐのだ。

シーザーと肌を合わせている時は、彼の子ができても構わないと思う。けれど実際問題、今の自分が子を孕んだら世間からの非難は免れないだろう。この国は男の浮気には寛容でも、女の浮気には厳しいのだ。

きっと家族や使用人達からも蔑《さげす》みの目で見られ、責め立てられる。夫の喪中に愛人を咥え込んだふしだらな未亡人と揶揄される未来を想像しただけで、身が竦む思いがした。生まれてくる子どもだって、不義の子と白い目で見られる。自分はまだいいけれど、子どもが辛い思いをするのは嫌だ。

それに、シーザーの騎士としての前途を汚すことにもなるだろう。上司の妻を寝取った男と謗られ詰られる彼を、レティーシャは見たくない。

だから、取り返しがつかなくなる前に関係を解消すべきなのだ。

そう、頭ではわかっている。これまでだって、何度も考えてきた。

……でも、駄目なのだ。一度口にしてしまった禁断の果実の味を忘れられない。その甘露を、レティーシャは自分から手放すことができない。

（あ……っ）

書斎に籠もって書類仕事をしようにも集中できず、窓から裏庭の風景を眺めていた彼女の視界に、見慣れた人影が映った。

「シーザー……」

彼の姿を目にしただけで、レティーシャの心に言いようのない喜びが沸き起こる。

逞しく鍛えられた身体にトラウザーズと厚手のシャツ、それから古びた上着を纏う彼は、格好こそ庭師や下男のようだけれど、背筋がしゃんと伸びていて、遠目にも凛々しく、雄々しく見える。

どうやらこれから薪割りをしに行くようで、その足はまっすぐ薪小屋へ向かっていた。

「あ……」

先日、あの小屋で彼と房事に耽ったことを思い出し、レティーシャの頬にほのかに血が上る。

（……そういえば……）

あの時、彼に抱かれながらふっと心に浮かんだ疑問が甦る。

彼はどうしてあんなにも激しく、自分を愛してくれるのだろう。

他の男を――亡くなった夫を想っていても構わない、身代わりでもいい。アーノルドに嫉妬を抱きながら、それでもとレティーシャを求めたシーザー。何故彼は、そんな切ないほどの想いを、自分に向けてくれるのだろう。

聞けば、彼は教えてくれるだろうか。いつから自分に想いを寄せてくれていたのか。何故、自分を愛してくれるのか。

そんなことをつらつらと考えながらシーザーの姿を見つめていたレティーシャの視界に、ふともう一つの人影が飛び込んでくる。

「あれは……」

真っ赤なドレスの裾を摘まみ、シーザーのもとへ歩み寄る黒髪の女。ヴェロニカだ。

彼女はここしばらく、レティーシャから奪った宝飾品を売った金で遊び歩き、街の酒場に居続け、屋敷に帰ってきていなかったのだが、いつの間にか戻っていたらしい。とうとう手持ちの金が尽きたのだろうか。

ヴェロニカは酔っ払っているのか、ふらふらと覚束ない足取りでシーザーに近づき、何事かを話しかけている。ここからではっきり聞きとれないが、いつものように喧嘩を吹っかけている様子ではなかった。

真っ赤なドレスの襟ぐりは大きく開いていて、その豊かな胸の谷間がくっきりと露わになっている。そして彼女は真っ赤に染めた唇をニヤニヤと歪ませ、何やら媚を売るように、必死にシーザーに話しかけている……ように見えた。

いったい、何を話しているのだろう。

対するシーザーの方は、鬱陶《うっとう》しげにヴェロニカを追い払おうとしている。

(あっ……)

そんな彼の肩に、ヴェロニカがしなだれかかるように身を寄せた。

(やめて、彼に触らないで……!)

途端、焼けるような激情がレティーシャの胸に込み上げる。

シーザーはとっさにヴェロニカから身を離したが、彼女は意に介さず、けらけらと笑いながら彼に絡み続けている。

やがて業を煮やしたのか、シーザーはレティーシャにも聞こえるほどの大声で「うるさい！　俺に近寄るな！」と怒鳴り、ヴェロニカを置いて屋敷の中へ戻った。

残されたヴェロニカは、これまたレティーシャにも聞こえるほどの大声で「何よ！　せっかくあたしが相手してあげようってのに！」と悪態を吐く。

レティーシャは、どうしてヴェロニカがあれほど毛嫌いしていた相手に媚を売ろうとするのか、わからなかった。

まさかとは思うが、亡くなったアーノルドの代わりに、今度は彼の愛人になろうとしているのだろうか？

（そんなの……っ）

絶対に嫌だ、と思った。さっき、彼女がシーザーにしなだれかかっただけでも許せなかったのだ。ヴェロニカがシーザーの愛人になるだなんて、彼に抱かれるだなんて、そんなの、受け入れられるはずがない。

（私……、どうして……）

夫の、アーノルドの時には「仕方ない」と諦められたのに、シーザーだけはヴェロニカに、いや、他の誰にも渡したくないと強く思う自分に動揺した。

自分とシーザーの関係はとても曖昧で、夫婦でもなければ恋人でもない。にもかかわらず、当然のように独占欲を抱いたことに、レティーシャは戸惑う。

(私は……っ)

なんて自分勝手で、心根の醜い女なのだろう。

これまで何度抱いたかわからない嫌悪の情が、レティーシャの胸を苛む。

シーザーは事あるごとに自分を聖女だと言うけれど、本当の自分はそんな清らかな存在じゃない。

……そうだ。彼は思い違いをしているのだ。

何故かはわからないけれど、シーザーは以前、レティーシャのことを『優しく、尊く、清らかで侵しがたい、聖女のように素晴らしい女性』だと言った。彼は自分をそういう女性だと誤解して、間違った愛情を抱いているのではないだろうか。

(違う、違うの。シーザー、私は……)

そんな清らかな女ではない。夫を亡くしたばかりの身でありながら情欲に溺れ、嫉妬に身を焦がすような、浅ましく汚らしい女なのだ。

もしシーザーが、そんな自分の本当の姿を知ってしまったら……?

「…………っ」

彼の心は、きっと自分から離れていく。

もしかしたら「騙された」と、レティーシャのことを恨むかもしれない。

本当は醜いレティーシャを、蔑んだ目で見るかもしれない。

そんな想像をしただけで、胸が張り裂けそうだ。

(いや、いや……っ)

彼への執着を捨てなければと思うのに、彼の愛を失うのが怖くてたまらない。

自分はいったいいつから、こんなにも弱くずるい人間になってしまったのだろう。

(シーザー……)

誰もいない書斎で一人、レティーシャは生まれて初めて抱いた狂おしいほどの情愛に胸を焦がす。

(あぁっ……)

自分はいったい、どうすればいいのか。

答えが返ってくるはずもない問いを、窓越しの秋空に向ける。

彼女の複雑な心とは裏腹に、空は憎らしいほど青々と澄み渡っていた。

第七章　新たな約束を、あなたと

　秋が深まり、冬の気配が間近に迫るころ。ブラウン伯爵家で療養を続けていたシーザーの身体は、もうすっかり回復していた。

　使用人達は、彼が騎士団に復帰する日も近いのではないかと噂している。中には、シーザーが王都の騎士団本部と頻繁に連絡を取り合っているのを見たという者もいた。

　彼は本当に、近くこの屋敷から出ていくのだろうか。

　だが、レティーシャはシーザーの口から何も聞かされていない。彼は先の話は何もしなかったし、自分も聞かなかった。

　未来に何の約束も持たないまま、刹那的な交わりに興じる。それが今のレティーシャとシーザーの関係だ。

　レティーシャだって、ずっとこのままでいられると思っていたわけではない。

　でもどこかそれを先延ばしにしたい気持ちがあって、だからこそ今後の話を避けていたのかもしれなかった。

　とはいえ、いつまでも先のことから目を背けていてはいけないだろう。

（……一度、シーザーに聞いてみなければならないわね……）

レティーシャは心の中でひとりごち、洗濯物の入った籠を持ち上げる。今日は通いの使用人が一人急病で来られなくなり、人手が足りていなかった。そのためレティーシャが洗濯物を干す仕事を請け負ったのだ。

こういうことは初めてではないし、独身時代にも教会に通って炊事《すいじ》や掃除、洗濯を手伝っていたから慣れたものである。もっとも、伯爵夫人としてはあまり褒められたことではないかもしれないが。

レティーシャは洗濯室から出て、裏庭の物干し場へと向かう。すると薪小屋の前に、いつかと同じくシーザーとヴェロニカの姿があった。

（あっ……）

彼の手に斧が握られているところを見るに、薪割りの途中だったのだろう。そんなシーザーの腕を摑んで、ヴェロニカが熱心に話しかけている。

その光景に、レティーシャは使用人達の間で最近まことしやかに囁かれている噂話を思い出した。

『ヴェロニカが、新しい金蔓としてシーザー様を狙っているらしい』

以前ほど街へ出かけなくなったヴェロニカがシーザーに言い寄る姿を何人もの使用人が目撃していた。

『今は居候の身だが、シーザー様は騎士だ。戦線に復帰したら戦功を挙げて、亡くなった旦那様以上に出世されるかもしれない』

『それにあれほど良い男だもの。騎士様でなくたってお相手願いたいわよ』

『しかし、シーザー様の方はヴェロニカを毛嫌いしているだろう』

『それでも懲りずに媚を売りに行くんだから、あの女は本当に図太いよ』

使用人達の囁き声がレティーシャの脳裏に甦る。娯楽の少ない屋敷内で、ヴェロニカとシーザーの動向は、格好の話の種になっているらしかった。

「…………」

やはりヴェロニカはシーザーを狙っているのだろうかと、レティーシャは複雑な思いで目の前の二人を見つめる。

「ねえ、薪割りなんて放って一緒に街へ行きましょうよ。あたし、良い酒場を見つけたの」

「どけ、邪魔だ」

「いいじゃない。あんただって、こんな陰気臭い屋敷に籠もってるのは退屈でしょう？」

二人はまだ、レティーシャに気づいていない。

こちらから声をかけるべきか、それとも密かに立ち去るべきか。迷うレティーシャの眼前で、ヴェロニカはシーザーに誘いをかける。

「あんたよく見ると良い男だし。ねえ、アーノルド様も夢中になったあたしの身体、試してみたいと思わない？」

（なっ……）

ヴェロニカは豊満な胸を押しつけるようにシーザーの腕をぎゅっと抱き締め、彼の顔にその真っ赤な唇を近づけた。まるで、口付けでもしようとするみたいに。

「やめてっ！」

気づけばレティーシャは、二人に向かって叫んでいた。

そこでようやく彼女の存在に気づいた二人が、驚いた顔でこちらを見る。

（あ……、わ、私……）

「あら、誰かと思えば奥様じゃないの」

ヴェロニカはくくっと意地悪く笑い、レティーシャをねめつけた。その表情はどこか、鼠をいたぶろうとする猫の顔によく似ている。

「突然大きな声を出して、どうなさったの？　それにそのお顔！　怖いわぁ」

「……っ」

「まるで嫉妬に狂った女みたいな醜い顔ね！」

ヴェロニカの言う通り、レティーシャの表情は硬く強張っていた。

それを揶揄するように笑われて、レティーシャの頬にカッと朱が走る。

「わ、私はただ……」

ヴェロニカが白昼堂々、こんな場所で相手の迷惑も考えず、シーザーに淫らな誘惑をするのを見るに見かねて注意しようとしただけ。

そう弁解しかけたレティーシャだったが、続くヴェロニカの言葉に胸を衝かれる。

「でも、どうしてそんなに怒っているの？　まさかとは思うけど、奥様も彼に気があるとか？　夫を亡くして間もないのに？　そんなはずないわよねぇ？」

（……っ）

彼女の言う通り、だった。ヴェロニカの不埒な行いを注意するなんて建前に過ぎず、本当は彼女がシーザーに触れるのが、口付けしようとしたのが許せなかったのだ。

自分の醜い妬心をヴェロニカに見透かされた気がして、レティーシャは動揺する。

それに、自分達の関係を彼女に悟られたのかもしれないと思うと、怖かった。

「ち、違うわ！」

秘密を暴かれる恐怖に駆られ、レティーシャは叫ぶ。

「私が愛しているのは、アーノルド様だけよ！」

（あ……っ）

言い放ったあとで、シーザーの視線に気づく。

彼は傷ついた表情で自分を見つめていた。それでも仕方がないと、諦めるような微笑を浮かべて。

（違う、違うの……）

さっきの言葉は、自分の本心ではない。

自分が本当に愛しているのは、アーノルドではなくシーザーだ。

レティーシャはこの時、これまで目を背けていた自分の想いをはっきりと自覚した。いつからか自分の心は、亡き夫ではなく彼の方へ傾いていたのだ。

けれど、言えない。シーザーにも迷惑がかかってしまう。ヴェロニカに知られてしまったら、どんな脅しを受けることになるかわからない。

「……っ、ごめんなさい……！」

露見を恐れて嘘を吐き、シーザーを傷つけた。

そんな自分の矮小《わいしょう》さが恥ずかしくて、情けなくて。レティーシャはたまらず、踵を返してその場から逃げ出した。

「レティーシャ様！」

背後からシーザーの声が響き、彼が追ってくる。

(どうして……っ)

放っておいてくれたらいいのに、シーザーは止まらなかった。

レティーシャは必死に足を動かし、彼から逃げる。しかし男の――ましてや騎士として鍛えられた彼の足に敵うはずもなく、二階の廊下で腕を摑まれ、捕らえられた。

その拍子に、抱えていた洗濯籠が床に落ちる。

「あっ……」

「レティーシャ！」

「は、放してっ！」

「どうして逃げるんですか！」

「あなたこそ、どうして追いかけてくるの……っ」

レティーシャは彼の腕から逃れようともがくが、シーザーはそうはさせまいと、彼女の身体をしっかりと抱き締めてくる。二人はしばし言い合いを続けていたが、階下からコツコツと足音が近づいてくるのに気づき、はっと身を離す。

一瞬、ヴェロニカまで追ってきたのかと思ったけれど、姿を現したのは老執事のケイデンスだった。

「若奥様、何やらバタバタと騒がしい音が聞こえましたが……」

老執事はレティーシャとシーザー、そして床に転がる洗濯籠を見て訝しげな表情を浮かべた。

「あ、あの……」

「物干し場で、レティーシャ様が目眩を起こされたのです」

どう言い繕ったものかと戸惑うレティーシャに代わって口を開いたのは、シーザーだった。

「寝室にお運びしようと、洗濯籠ごとレティーシャ様を抱えて、慌てて駆け出してしまいました。騒がしくして申し訳ありません」

今も、「もう大丈夫だから」と仕事に戻ろうとするレティーシャと、「無理せず休んだ方がいい」という自分とで言い争いになってしまったのだと、シーザーは息を吐くように偽りを口にした。

「おお、そうでしたか。若奥様、シーザー様の言う通りですぞ。若奥様は働きすぎです。その洗濯物はわたくしが干してきますから、どうかゆっくりお休みください」

「ありがとうございます、ケイデンス殿。それから、ヴェロニカがまたレティーシャ様に嫌みを言ってきたのです。あの女が寝室に近づかないよう、見張っていてくれませんか？」

「なんですと！　まったく、あの忌々しい愛人風情めが。わかりました、このケイデンスにお任せください」

ケイデンスは力強く請け負って、床に転がる洗濯籠と洗濯物を回収すると、「くれぐれも頼みますぞ」とシーザーに念を押し、その場を立ち去った。

「さあ、行きましょう。レティーシャ様」

老執事の気配が遠のくのを待ち、シーザーがレティーシャの肩を抱く。

「シーザー……っ」

「寝室へ行かないと、嘘が露見しますよ」

「……っ」

半ば脅されるようにして、レティーシャは寝室へと誘われた。

何度となく身体を重ねた部屋に、昼間から二人で足を踏み入れるのは妙な心地がする。

それに、シーザーがいったいどういうつもりで自分を追いかけてきたのかがわからず、落ち着かなかった。

彼は後ろ手に扉を閉め、レティーシャをベッドに腰かけさせる。

そしてそのまま立ち去るでもなく、彼女の隣に自分も座り込んだ。

「……さっき」

気まずげに俯くレティーシャの横顔を見つめ、シーザーがぽつりと呟いた。

「俺がヴェロニカに迫られていた時、あなたが止めてくれて、嬉しかった。あの女の言った通り、あなたがヴェロニカに嫉妬してくれたのかと……喜びました」

「……っ、あ、あれは……」

「でも、そうではないのですよね。あなたはただ、あの女の恥知らずな振る舞いを諫めようとされただけだ。……ちゃんと、わかっているんです。あなたが愛しているのは旦那様、師団長だけなのだと」

（ちが……っ）

「俺がもっとしっかりヴェロニカを拒んでいれば、あなたのお手を煩わせることも、あなたに不快な思いをさせることもなかったでしょうに。本当に、申し訳ありません」

シーザーは、先ほど見せたのと同じ切なげな微笑を浮かべ、謝罪の言葉を口にする。

レティーシャは胸が痛かった。

違う、本当は違うのだ。自分は……

「どうして、あなたが謝るの……」

「レティーシャ……？」

レティーシャは膝の上に置いた両の拳をぎゅっと握り、声を震わせる。

「あなたは、何も悪くないわ」

「ですが、」

「悪いのは、私なの……」

ああ、もう駄目だと思った。

これ以上、取り繕えない。己の穢れた心根を、隠しきれない。

「さっき、ヴェロニカが言った通り。私は醜い嫉妬に駆られて、彼女の邪魔をしたの。ヴェロニカがあなたに色目を使うのが許せなかった。彼女があなたに口付けるところなんて見たくない、許せないと思ったの」

「レティーシャ……」

傍らで、彼が驚きに息を呑む気配がする。

それを感じながら、レティーシャは堪え切れず、思いの丈を口にした。

「アーノルド様を愛していると言ったのも、嘘。ヴェロニカに私達の関係を知られるのが怖くて、最低の嘘を吐いたわ。以前はね、本当に、心からアーノルド様だけを想っていたのよ。でも、私は変わってしまった。夫を亡くしたばかりの身でありながら他の男性に身を任せ、そして……」

心を、移してしまった。

自分を裏切った不誠実な夫から、ただ一途に自分を求めてくれるシーザーへと。

「あなたは、私を『聖女』と呼んでくれたわね。でも、本当の私はそんな清らかな女じゃないの。私は夫の浮気に傷つきながら、自分も不貞を犯した。今の私にアーノルド様やヴェロニカを責める資格はないわ。……ううん、むしろ今は少しだけ、ヴェロニカを愛したアーノルド様の気持ちがわかる気がするの」

　自分の傍に寄り添い、自分が望む愛を与えてくれる存在に向ける想い。

　きっと夫に必要だったのは、レティーシャの一方的な献身ではなく、ヴェロニカのあけすけな情愛だったのだ。

「私を優しく慰めてくれるあなたの優しさに縋って、情欲に溺れて。私はあなたの気持ちを利用し続けた。でも、とても後ろめたくて。自分が許されない行いをしているという自覚があったから、人に知られないよう陰でこそこそとあなたと通じた。保身に走っていたの。私を愛していると言ってくれたあなたに、誠実に向き合うことをしなかった。そのくせ、あなたに他の女が近づくのが許せなくて、自分勝手で醜い嫉妬心を抱くの。私は……」

　こんな本音を口にする自分を、シーザーがどんな目で見ているのか。

　裏庭でヴェロニカに向けていたような蔑みの目を、今は自分に向けているのではないか。

　そう思っただけで恐ろしく、レティーシャは顔を上げられなかった。

　それでも、一度堰を切って溢れた言葉は止まらない。

「私はそんな、卑《いや》しい、ただの女なの。『聖女』ではないのよ……」

ヴェロニカの言葉は的を射ている。シーザーに対する歪んだ愛着を抱き、激しい嫉妬に身を焦がした自分の顔はさぞや醜く、恐ろしかったことだろう。

傍らで自分の告白を聞いたシーザーは、幻滅しているかもしれない。

裏切られた、騙されたと思っているかもしれない。

そう覚悟して固く目を閉じたレティーシャにもたらされたのは、しかし彼女が思っていたような非難の声ではなかった。

「レティーシャ。それでも、俺はあなたが愛おしくてなりません」

「え……？」

自分の本心を、穢れた心を知ってなお、何故彼はそんなことを言うのだろう。

驚き、顔を上げたレティーシャの瞳に、うっすらと微笑を浮かべたシーザーの顔が映る。

「あなたは自分のことを卑しい女だと責めるけれど、俺は、あなたが俺に対してそれほど激しい想いを——情欲や嫉妬、執着を抱き、葛藤してくれたことが嬉しくてならない。清らかだったあなたが、俺のせいで人の醜さを知り、俺の手で黒く穢れていく。それにこの上ない悦びを感じる俺こそ、本当はあなたに相応しくない、最低の人間なのでしょう」

「シーザー……」

「でも俺は、あなたを諦めきれない。あなたが欲しいと、心から思う。レティーシャ。あなたがたとえどんなに穢れていたとしても、俺にとってあなたがこの世でただ一人、何者にも代えがたい『聖女』であることに、変わりはないんです」

「どうして……」

彼はどうしてそこまで、自分を想ってくれているのだろう。

レティーシャは戸惑うばかりで、シーザーの言葉を信じ切れずにいた。

するとシーザーは上着の懐からある物を取り出し、彼女に見せる。

「……俺の宝物です」

それは、古びた刺繍入りのハンカチだった。縁取りにレースが使われているところを見るに、女物だろう。あちこちにうっすらと染みが残っているものの、皺一つなく四つ折りにされたハンカチは、シーザーが文字通り『宝物』として大切に扱っていることを窺わせた。

（……え……）

レティーシャはそのハンカチの端、銀の糸で刺繍されたイニシャルに目を留める。そこに記されている文字に見覚えがあったのだ。

「あなたは覚えていらっしゃらないかもしれませんが、俺はかつて、あなたに助けられたことがあるのです」

このハンカチは、その時にレティーシャが忘れていったものだと彼は言う。

「あ……っ」

途端、レティーシャの頭の中にかつての記憶が甦った。

ぼさぼさの黒い髪、ぼろぼろの身形。蒼く澄んだ瞳に警戒心を剝き出しにした、野生の獣のような青年。まさか、彼は……

「あの時の怪我人は、あなただったの……？」

「はい。思い出してくれましたか」

シーザーは嬉しそうに笑みを深め、愛おしげにハンカチを撫でた。

「荒くれ者と忌み嫌われ、血と泥に汚れて酷い有様だった俺を、あなたは何の見返りも求めずに助けてくださった。俺はあの時、聖女様に出会ったのだと思った。優しくて、慈悲深く、清らかで、美しい。そんなあなたに……恋を、しました」

（うそ……）

思いがけない告白に息を呑むレティーシャに笑いかけ、シーザーは言葉を続ける。

「あなたが去ったあと、教会の子ども達からあなたの話を聞きました。レティーシャ・オルコット子爵令嬢。あなたを聖女だと思っているのは、俺だけじゃない。あの子達も、教会に集う人達もみんな、あなたのことを聖女と讃え、慕っていた」

シーザーは怪我が癒えたあとも、度々聖ロザリンド教会を訪ねていたのだという。レティーシャが忘れていったハンカチは血の汚れが染みついて落ちなかったため、代わりに新しい物を用意し、返そうと思った。レティーシャにもう一度会いたい。その一心で教会に通ったが、ハンカチを返してしまえば繋がりがなくなってしまうような気がして結局声をかけられず、遠目に姿を見るだけだったと。

「……あなたと師団長の結婚式も、遠くから見ていました。別の男の隣で笑うあなたを見れば、いい加減諦めがつくと思った。でも、俺は想いを捨てきれなかった。ならせめて、あなたの役に立てることはないか。そう考えて、第三師団に入隊したんです。あなたの大切な旦那様――アーノルド卿をお守りすることで、あなたの恩に報いようとした」

本当に未練がましい男ですよねと苦笑して、シーザーは語る。

「俺はエミールと同じ、貴族の男が愛人に産ませた庶子なんです。母は父の屋敷に仕える侍女でしたが、父に手をつけられ、俺を身籠もって正妻の悋気《りんき》を買い、屋敷から追い出されました。俺は母と二人、十の歳まで王都の下町で暮らしていたんです。暮らしぶりは決して豊かではありませんでしたし、周りからは白い目で見られましたが、母は俺にたくさんの愛情を注いでくれました」

しかし彼が十歳の冬、母親が病に倒れ息を引き取ると、シーザーは父親の屋敷で養育されることになった。正妻と二人の異母兄達は彼を敵視し、酷く苛んだのだという。父親は気の強い正妻に遠慮して何も言えず、虐げられるシーザーを無視した。

「何度も屋敷を逃げ出しては連れ戻され、折檻を受けました。愛人の子どもと疎んじ、蔑むくせに、血の繋がった子どもを放逐するのは外聞が悪いからと、家に繋ぎ止める。そんな連中も、あいつらが属する貴族社会も、何もかもが憎かった。だから無理やり入れられた騎士になるための学校を卒業したあと、騎士団に入隊する話を蹴って家を飛び出して、定職にも就かずフラフラと遊び暮らしていました。もう成人していましたからね。家の連中も諦めたのか、連れ戻そうとはしませんでしたよ」

そして同じような荒くれ者達とつまらないことで喧嘩になり、傷を負ったシーザーはあの小さな教会の裏でレティーシャと出会った。

グランヴィルというのは母方の姓で、父の姓を名乗ることは許されなかったのだという。

「第三師団に入隊する時、初めて騎士学校に通っていてよかったと思いました。こんなどうしようもない俺なんかにも、あなたのためにできることがある。北の国境砦行きを希望する騎士は少ないですからね。俺はすぐに入隊を許可され、狙い通り第三師団に配属されました。……でもノールズの町で、あなたの夫は、あの男は……っ」

それまで淡々と自分の生い立ちを語っていたシーザーの顔が、怒りに歪む。

「あの男は娼婦を囲っていた。あの女に子どもを産ませていた。あなたを……っ、あなたのような素晴らしい女性を妻にしておきながら、あなたを裏切っていた。許せない、殺してやりたいと思いました」

「シーザー……」

レティーシャはそっと、固く握り締められた彼の拳に自分の手を重ねた。

「……でも、剣の柄に手が伸びる度、あなたの笑顔が頭に浮かんだ。結婚式で、師団長の隣で幸せそうに笑っていたあなたの笑顔が。自分が今この男を手にかけたら、きっとあなたが苦しむ。そう思ったら……」

アーノルドを殺せなかったと、彼は悔しそうに呟いた。

(ああ……っ)

レティーシャは胸が締め付けられる思いだった。

沸き起こる怒り、嫉妬、憎しみ。それらの激情を押し殺し、シーザーは五年もの間、アーノルドを守り続けてくれたのだ。

「だが結局、俺はあの男を――師団長を守れなかった。それどころか、これであなたがあの男から解放されると、一瞬でも喜んでしまった。そして、俺は……」

「シーザー……？」

「……いえ。とにかく俺は、そういう、生まれも心も卑しい男なんです。……幻滅、しましたか？」

「いいえ、いいえっ」

レティーシャは首を横に振る。幻滅なんてしない、するわけがない。

彼を卑しいとは思わない。人に殺意を抱くのも、人の死を喜ぶのも、いけないことだ。けれどそう思うまでに至った彼の心境を知って、どうしてシーザーを責めることができるだろう。

「俺も同じです、レティーシャ。確かに俺はあなたを聖女のように思っていたし、今も思っている。あなたはかつての俺と同じ立場のエミール、あなたにとっては受け入れがたい存在だろう夫の庶子にさえ、惜しみない愛情を注ぐことのできる懐の深い女性だ。あなたに慈しまれるエミールが羨ましく、あなた達の姿が眩しかった。こんなにも素晴らしい女性がこの世にいるのかと、改めて思いました。けれどだからといって、あなたの人間らしい心の弱さや醜さを知っても、幻滅なんてしません。むしろ、あなたが俺と同じ想いを抱いてくれていることが嬉しくてならない」

「シーザー……」

「レティーシャ、俺の聖女様。俺はあなたを愛しています。叶うなら、あなたの気持ちも聞かせてほしい」

「……私も。私もあなたを愛しているわ、シーザー。あなただけを、心から」

菫色の瞳から涙が零れる。万感の思いが雫となって、彼女の頬を熱く濡らした。

そして二人はどちらからともなく唇を合わせる。

触れたところから彼の想いが伝わってくるようで、温かくて、幸せで、レティーシャは涙が止まらなかった。

そんな彼女の涙を唇で優しく拭いながら、シーザーは囁く。

「……この屋敷を発つ前に、あなたの心が知れてよかった」

「え……」

今、彼は何と言ったのか。

「この屋敷を発つ……？」

驚きに目を瞠るレティーシャに、シーザーは苦笑を浮かべる。

「ええ。実はもう何日も前から、部隊復帰の打診を受けていたんです。傷が癒えたのなら北へ戻り、前線にいる第三師団に合流してほしい、と」

「そんな……っ」

レティーシャの表情が、不安に陰る。

使用人達が噂していたのは、本当のことだったのだ。

「いい頃合いだと、俺も思いました。身体はすっかり回復している。いつまでもこの屋敷で世話になり続けるわけにはいきません」

「……あなたは酷い人だわ、シーザー」

自分を愛していると言ったその舌の根も乾かぬうちに、この屋敷から——自分のもとから去ると言う。

「行かないで。ずっと私の傍にいて……」

前線に戻ったら、今度は怪我では済まないかもしれない。

アーノルドのように、命を散らしてしまうかもしれない。

そんなのは耐えられないと思った。

「行かないで、シーザー」

「ああ、レティーシャ……」

泣き縋るレティーシャの身体を、シーザーはぎゅっと抱き締める。

「あなたの気持ちが嬉しい。でも、だからこそ俺は行かなければならないんです。俺は、もうあなたと人目を忍ぶ関係に甘んじていたくない。正式にあなたへ求婚し、あなたを俺の妻にしたいんです」

シーザーは彼女の愛人ではなく、夫に――伴侶になりたいのだと言う。

そのための戦功を求めて戦場へ行くのだと。

「今の俺は貴族の血を引いているとはいえ、嫡子ではなく、一介の騎士に過ぎません。伯爵夫人であるあなたを娶るには何もかもが足りない。今すぐあなたを連れ去って、誰も知らぬ地へ逃げることはできるでしょうが、きっとあなたに苦労をかけてしまう。それは俺の望むところではありません」

「シーザー……」

地位も名誉も富も求めない。ただ彼が傍にいてくれればいいのだと、レティーシャは思う。そのためなら、何もかもを捨てられると。

けれど、シーザーの決意は固かった。

「俺の聖女様、レティーシャ。俺は必ず戦功を挙げ、堂々とあなたを迎えに来る」

そう訴え、彼はレティーシャの額にそっと口付ける。

「待っていてくれますか？　レティーシャ」

（ああ……）

狂おしいほどの想いを孕み、それでいてどこまでも蒼く澄んだ彼の瞳が、自分の泣き顔をじっと捉えて離さない。

思えば初めて出会った時から、自分はこの強い眼差しに惹かれていたのだろう。

自分が何を言っても、きっと彼は考えを変えない。ならば……

「……約束、してくれますか？　シーザー」

レティーシャは溢れる涙を拭い、まっすぐに彼の顔を見て希《こいねが》う。

「必ず、生きて帰ってきて。戦功を挙げることよりも、自分の命を大切にして。絶対に、私のもとへ帰ってきて……」

同じ約束をした夫は、帰ってこなかった。

シーザーがいたから乗り越えられた悲しみを、きっと自分はもう一度耐えることはできないだろう。

「あなたがいない世界で、私は幸せになどなれない。生きていけない。だから、本当に私を愛しく思ってくれるのなら、必ず生きて帰ってきてください」

レティーシャはシーザーの首に腕を回し、ぎゅっと抱きついて懇願する。

そんな彼女を強く擁《いだ》き、シーザーは「約束する」と言ってくれた。

「必ず、あなたのもとへ戻ってくる。あなたを幸せにすると誓う」

「シーザー……」

二人はもう一度、どちらからともなく唇を――想いを重ね合う。

それはこれ以上ないほど幸福で、でもどこか切なく胸を焦がすような口付けだった。

その後シーザーは、明日屋敷を発つと言い出した。前々から、いつでも出られるように準備は済ませていたらしい。レティーシャと想いを通わせた今となっては一刻も早く戦功を挙げ、求婚するに足る地位を得たいから、と。

さらに彼は、「これ以上あなたの傍にいては未練が募り、離れがたく思っていつまでも出発できない」とも言った。

あまりにも急すぎる話にレティーシャは驚き、戸惑う。

しかしシーザーの言う通り、日を置けば置くほどに自分も彼と離れがたく感じて、強く引き止めてしまうかもしれない。

その日の夜、レティーシャは寝支度を済ませると、寝室の窓辺に置いた椅子に腰かけ、シーザーの訪れを待っていた。

旅立ちの前夜となる今宵、彼はレティーシャの褥を訪ねると約束してくれたのだ。

（あ……）

ふいに見上げた窓越しの夜空には、淡い金の光を放つ丸い月がぽっかりと浮かんでいる。

いつだったか、シーザーがレティーシャの髪を梳いて、「あなたの髪は月の光によく似ている」と愛おしげに囁いたことがあった。あの時感じた嬉しさ、胸の高鳴りを思い出し、レティーシャはそっと自分の髪に触れる。

彼はまた、この髪を優しく梳いてくれるだろうか。

そんなことを思いながら、レティーシャはふと、左手の薬指に嵌まったままの指輪に目を留めた。これは、アーノルドと揃いの結婚指輪だ。彼が亡くなったあとも、彼女はずっとこの指輪を嵌めていた。

（でも、もう……）

レティーシャは薬指から指輪を抜き取ると、ジュエリーボックスの中のアーノルドの指輪の横に置き、蓋を閉じた。

五年もの間身につけていたものがなくなって、どこか落ち着かないような、でも気持ちが軽くなったような、複雑な心地がする。レティーシャは左手を掲げ、指輪の痕が残る自身の薬指をじっと見上げた。

その時、コンコンと微かなノックの音がして、待ち人が訪れる。

「シーザー」

「お待たせしました、レティーシャ」

いつものように人目を忍んでやってきた彼は、後ろ手に扉を閉めて鍵をかけると、窓辺に座るレティーシャのもとへと歩み寄った。その手には、珍しくワインの瓶とグラスを一つずつ抱えている。

「どうしたの？　それ」

「ケイデンス殿が、餞別《せんべつ》にとくださいました」

「まあ、ケイデンスが……」

最初はシーザーを浮浪者と見紛い、手荒く追い出そうとした老執事も、今ではすっかり彼に親しみを覚えているのだろう。明日この屋敷を発つ彼のために、とっておきのワインを用意したようだ。

「俺が一人で飲むのはもったいない。お付き合い願えますか？」

「ええ、喜んで」

窓辺に椅子が一つしかないため、二人はベッドに並んで腰かけ、ワインを楽しむことにした。

シーザーは初め、レティーシャにグラスを渡して先に飲ませようとしたが、「これはあなたに贈られた餞別の品なのだから」と、レティーシャはシーザーにグラスを持たせ、ワインを注いでやった。

トプトプと音を立て、ガラスの器に赤い酒が満たされる。

葡萄酒の馥郁《ふくいく》たる香りが、二人の鼻孔をくすぐった。

「……美味い」

ぐいっと一口呷り、シーザーがしみじみと噛み締めるように呟く。

（よかった）

レティーシャは、嬉しそうにワインを味わう彼を見て微笑みを浮かべた。

ところが、シーザーが二口目のワインを口にした途端、突然肩を抱き寄せられ、唇を奪われて、驚きに目を瞠る。

「んっ……」

唇をこじ開けられて、隙間からワインを与えられる。しかしとっさのことで上手く飲み込めず、口の端から赤い雫が零れてしまう。

それを舌で舐め取り、シーザーはにっと悪戯っぽく笑った。

「ね？　美味しいでしょう」

「……びっくりして、味なんてわからなかったわ」

「なら、もう一度……」

シーザーは再びワインを含み、口移しでレティーシャに飲ませた。

「ぁっ……んぅ……」

注ぎ込まれる酒をなんとか飲み込むと、続けて彼の舌が咥内に分け入ってくる。粘膜に残ったわずかな酒を拭うかのように執拗に、シーザーはレティーシャの口を犯した。

「あ……っ、ふぁ……っ」

「……んっ。……ワインの味は、どうですか……？」

問われても、彼の口付けに翻弄されて、レティーシャは酒の味を楽しむどころではない。

「わか……らなっ……んんっ」

一度離れた唇が、吸い寄せられるようにまた戻ってきた。

ぴちゃっ、くちゅっと音を立てて唾液を舐められ、舌を吸われ、唇を甘く食まれて、酔いが回ったかのように、レティーシャの身体から力が抜けていく。

そうしてひとしきり彼女の唇を味わったシーザーは、名残惜しげに顔を離すと、とろんとした表情のレティーシャを満足げに見やり、彼女の手からワイン瓶を奪った。そして自分が持っていたグラスと合わせて、ベッド横の小さなサイドテーブルにのせる。

グラスにはまだ半分以上ワインが残っていたが、餞別の酒よりも今は目の前の女を愛でたいとばかりに、シーザーはレティーシャの身体に覆い被さった。

「あっ……」

ナイトドレスの上から胸のふくらみを摑まれ、揉みしだかれる。

その少し乱暴な手つきにさえときめきを覚え、レティーシャはさらなる快楽への期待に身を震わせた。

「レティーシャ……」

「シーザー……っ、ん、んんっ」

彼は奪うような激しいキスと時折触れるだけの優しい口付けを交互に与えながら、レティーシャの身体を撫で回す。

唇を合わせ、寝着の上から撫でられるだけで、心が昂ぶる。けれど布に隔てられた触れ合いは、酷くもどかしくもあった。

(あ……っ)

自分の身体を弄っていたシーザーが、いったん身を離す。

きっとナイトドレスを脱がせ、そして直接肌に触れてくれるのだ。

レティーシャはそう思ったが、彼は寝着には手をかけず、わずかに位置をずらして彼女の胸に顔を埋めた。

「ひあっ……」

白い布地に覆われた右胸のふくらみの頂に、シーザーの舌が突き立てられる。たっぷりと唾液を絡ませた舌にねっとりと舐められ、突かれて、レティーシャはたまらず甘い声を上げた。

「あっ、ああっ……」

慎ましかったはずの蕾は布越しの愛撫に硬くしこり、ぷっくりと存在を主張し始めている。そこをはむっと甘嚙みされただけで、下腹の奥がどうしようもなく疼いた。

やがてシーザーは、標的を左胸に移す。先ほどと同じく、レティーシャは布の上から頂を舐められ、突かれ、吸われた。

その間、右胸の頂は彼の手によって摘まれ、捏ねられ、休む間もなく刺激を与え続けられる。

「やっ、あっ、ああっ……」

「レティーシャ、もう少し抑えて。あなたの可愛い声が部屋の外にも響いてしまう」

「あっ……」

からかうように指摘され、レティーシャははっと口を噤んだ。

「いい子だ」

彼女の頬にちゅっと口付けて、シーザーは愛撫を再開する。

「んっ……っ」

レティーシャは必死に声を堪え、それでもたまらず出てしまいそうな時は己の指を嚙んで声を殺した。

彼女の細い指にうっすら赤い噛み痕がつき、口の端からは唾液が零れる。そうなっても、シーザーの攻勢は緩まなかった。彼は再び右の頂に唇を寄せ、左のふくらみをさわさわと撫でると、今度はその手を彼女の下肢に移したのだ。

ナイトドレスの上から腰回りを撫でられ、焦らすようにゆっくりと裾を捲し上げられる。真っ白い下着に覆われた彼女の秘所は、触れればすぐにわかるほど、しとどに蜜を零していた。

「……こんなに濡らして、いけない人だ」

シーザーの指が布越しに秘裂を一撫でし、しっとりと濡れた自分の指先をレティーシャに見せつける。

「あっ……いやっ……」

恥じらい、さっと目を背ける彼女を愛おしげに見つめてから、彼はレティーシャの秘所に顔を埋めた。

「ひゃあっ……っ」

またも、布の上から敏感な場所を舐め上げられる。しかしナイトドレスより厚い生地に阻まれているせいで、胸の時よりもさらにもどかしくてならなかった。

「シーザー、シーザー……っ」

レティーシャは、いやいやと首を振る。

お願いだから、もう脱がせて。直接触れて、舐めて。

そんなはしたない願望で、頭の中が埋まりそうだ。

それを知ってか知らでか、シーザーは執拗に、焦らすような愛撫を続ける。

生地から染み出る蜜を啜って、舐めて、自分の唾液で彼女の下着を濡らして。時折彼女の太ももを撫で、その白い肌に吸いつき、赤い花を咲かせる。

「ああっ……」

頭がおかしくなりそうなほどにじれったい愛撫を延々と続けられて、レティーシャはたまらず涙を零した。

「お、お願い、シーザー……」

彼女は啜り泣きながら、シーザーに懇願する。

「下着を、脱がせて。ちゃんと、触って……」

「……レティーシャ……」

一度身を起こしたシーザーは、羞恥に頬を染めるレティーシャをそっと抱き締め、彼女に詫びた。

「すみません。あなたがあまりに可愛くて、苛めすぎましたね」

そう言って、彼はレティーシャの頬を濡らす涙を唇で拭い、彼女のドロワーズに手をかける。あっという間に下着を剥ぎ取り、次いでナイトドレスも脱がせた。

「あっ……」

生まれたままの姿にされたレティーシャは、もじもじと恥じらうように太ももを擦り合わせる。さっきまであんなに淫らに啼いて、おねだりしてきたのにと言わんばかり、シーザーは口元をほころばせた。

「レティーシャ。俺の、俺だけの聖女様……」

彼はうっとりと囁き、もう一度レティーシャの唇にキスをする。

ちゅっと、触れるだけの口付け。それから彼女が願った通り、シーザーはレティーシャの秘所に直接指を這わせた。

「んんっ……」

自身の零した蜜とシーザーの唾液とで、レティーシャの下腹は薄い茂みまでもがぐっしょりと濡れている。

彼は吸い寄せられるように、秘裂へと指を埋めていった。

「ああ……っ」

厚い布越しに舐められるよりもはっきりとした刺激に、彼女は歓喜の喘ぎを漏らす。

「いつも以上に熱くて、ねっとりとして……。焦らした甲斐がありましたね」

シーザーはくすっと笑い、再び彼女の秘所に顔を近づけた。

「あぅ……っ、んんっ」

熱い舌が花弁を撫で、蜜を舐め取る。

背筋に雷が走ったかのような快感に思わず高い声を上げかけたレティーシャは、慌てて自分の指を噛み、声を堪えた。

だが彼の攻勢はやまない。唇と舌だけでなく指まで使って、レティーシャの淫花を責め苛むのだ。

「んっ、んんぅ……っ」

容赦なく押し寄せる快感に、身体が波打つ。

（ああっ、もう、だめ……っ。くるっ、きちゃうっ……）

「んあっ……！」

レティーシャは短く声を放つと、びくんっと腰を浮かして果てを迎えた。

「……っぁ、はぁっ……はあ……っ」

さんざんに焦らされた末の絶頂は、甘く痺れるような疼きをレティーシャの身に残す。

そんな果ての余韻に喘ぐ彼女の身体を、シーザーはうつ伏せにした。

「んっ……」

硬くしこった胸の頂がシーツに押し潰され、そんな刺激にさえ感じてしまう。

レティーシャが思わず甘やかな声を漏らすと、背後でシーザーが微笑《わら》う気配がした。

「……レティーシャ……」

「あっ……」

彼の手が背筋を撫で、肌に口付けが落ちてくる。唇で触れて、舐めて、ちゅうっと吸いついて。シーザーは自身の執着を示すように、赤い花をいくつもレティーシャの白い背中に刻んだ。

「シーザー……っ」

「忘れないでください、レティーシャ。俺の心は、あなただけのものだ」

「ん……っ」

囁いて、シーザーはまた赤い花を咲かせる。

「そしてあなたも、俺だけのもの……」

（ええ、そうよ、シーザー……）

レティーシャは無性に彼と口付けがしたくなり、身を起こしてシーザーと向かい合った。

次いで、自分から彼の唇にキスをする。

ちゅ……っと、音を立てて唇を重ね、シーザーの咥内に舌を割り込ませる。

いつもされるがままでいた彼女の舌技はとても拙《つたな》かったが、それでもレティーシャは一生懸命に舌を動かした。

彼がそうしてくれていたように、少しでもシーザーに気持ち良くなってほしかった。

「んんっ……」

「……んっ、レティーシャ……」

気持ち良かった？　と問うように、唇を離したレティーシャが瞳を瞬かせる。

シーザーは笑みを深めて、今度は彼の方からレティーシャにキスを贈った。

口付けは自然と深まり、二人はどちらからともなく互いを抱き締め合って、シーツの上に倒れ込む。

「ん、んぅ……っ」

　こうするんだよと教えるように、シーザーの舌が優しく蠢《うごめ》く。レティーシャもそれに応え、舌を絡めて彼の唾液を舐め取った。

(なんだか触れたところから溶けていって、お互いの存在が一つになっていくみたい)

　レティーシャはふと、そんな思いを抱く。

　ただ気持ち良いだけでなく、心が温かいもので満たされるような気がした。

　二人はゆっくりと時間をかけて、お互いの熱を高めていく。

　やがてシーザーが名残惜しげに身を離し、自身の寝間着に手をかけた。

　下着も脱ぎ捨てた彼の逞しい裸体をうっとりと見上げながら、レティーシャはシーザーを待つ。

「んん……っ」

　二人は向かい合った体勢で抱き合い、たっぷりと蜜を零す秘裂に彼の剛直が宛てがわれた。

　硬い楔で肉壁を割り開かれる感覚に、レティーシャはくっと息を呑む。

　何度身体を重ねても、この時の苦しさ、圧迫感にはまだ慣れない。

「あ……ああ……っ」

「レティーシャ……」

彼は身を固くするレティーシャを宥めるように頭や頬を撫で、ゆっくりと腰を押し進める。そうして最奥まで収まると、労うように彼女の唇にキスを落とした。

レティーシャはそれが嬉しくて、彼のためならこの先どんな苦痛も耐えられると思った。

「……動きますよ」

「ん……」

シーザーは彼女の気持ちが落ち着き、強張った身体が解れるのを待ってから、ゆっくりと腰を動かし始めた。

「んっ、あっ、んんっ……」

穿たれる度、身体が揺れて鼻にかかったような甘い声が零れ出る。一拍遅れてそれを封じたのは、痕が残るほど噛み締めた自身の指ではなく、シーザーの唇だった。

「んんっ、ぁっ……、んっ、んっ」

じゅぷっ、じゅぷっと、結合部から淫らな水音が響く。抽送はだんだんと激しさを増し、彼は上から叩き込むように腰を打ちつけた。

(ひあっ、あっ、ああ……っ)

シーザーの肉棒は、いつになく大きく、硬く、荒ぶっているようだった。それがレティーシャの淫らな蜜を纏い、ぬらぬらと光を帯びて、何度も何度も挿し入ってくる。

(あっ、ああっ、あああ……っ)

彼が口を封じてくれなければ、きっとみっともなく啼き喚いていたことだろう。

心の嬌声が頭の中に響き、快楽のうねりがより強くなる。

（シーザー……っ。シーザー……っ）

レティーシャは昂ぶる快感の波に耐えるように、シーザーの身体にぎゅっと縋りついた。

身も心も彼に侵され、彼の色に染まる。その悦びに胸を躍《おど》らせた瞬間――

（……っ、あっ、あああああっ……！）

「くっ……！」

シーザーの剛直に一番弱いところを突かれ、レティーシャは一息に極みへと押し上げられた。さらにそれとほぼ時を同じくして、彼女の秘奥に熱い飛沫が注がれる。

「あ……ああ……っ」

それまで合わせていた唇が離れ、レティーシャの口から微かな声が零れた。

激しい絶頂の余韻、それから腹の中に精を吐露された感覚が未だ彼女の身体を支配している。それはレティーシャに、無上の悦びをもたらした。

頬を紅潮させ、うっとりとした顔で放心しているレティーシャを満足げに見やり、シーザーは自身をゆっくりと抜き取る。

それから改めて彼女に覆い被さって、今日何度目かわからないキスを贈った。

「んっ……」

「レティーシャ……」

愛おしくてたまらないとばかりに、甘い吐息交じりの声に名を呼ばれ、彼女の身体が喜びに粟立つ。

「もう一度、いいですか……？」

まだまだあなたを愛し足りないのだと、熱を孕んだ瞳でシーザーが訴えかけてくる。

それは、レティーシャも同じだった。

「ええ。もっと……いっぱい、抱いて」

まだ足りない。もっと彼に愛されたい。

その欲求の赴くまま、彼女はシーザーに腕を伸ばし、彼の逞しい身体を抱き締めた。

二人はもう一度、身を繋げた。シーザーの剛直はいつの間にかまた硬く屹立していて、レティーシャの淫花を一息に貫く。

「んん……っ」

かと思うと、シーザーは彼女と繋がったまま後ろ向きに倒れ、レティーシャが彼の上に覆い被さる格好に変わる。

「えっ……」

こんな体勢になるのは初めてで、レティーシャは戸惑った。

「今度は、あなたが動いてください」

「そ、そんな……っ」

キスと同じく、これまで常に受け身だったレティーシャは閨で主導権を握ったことがない。しかしシーザーは、彼女に主体となって動けと言う。

どうしたものかと戸惑うレティーシャを「ほら、早く」と急かして、シーザーは腰を突き上げる。

「んあっ……」

下から攻め立てられ、甘い疼きに嬌声が零れた。

けれどそれは一瞬の快感に過ぎず、歯痒《はがゆ》さだけが残る。

ちゃんと気持ち良くなるためには、自分から動かなければならないのだ。そう悟ったレティーシャは、おずおずと躊躇いがちに腰を動かし始めた。

「こ……こう……？」

シーザーにお伺いを立てつつ、彼女は腰を前後に揺らす。しかしその動きは拙く、お互いを焦らすばかりだった。

「もっとしっかり腰を振ってくださらないと、いつまでもこのままですよ。それから、時々腰を浮かして、沈めて……と、上下にも動いてください。あなたがちゃんと、気持ち良くなれるようにね」

「う……っ、わ、わかったわ……」

恥ずかしいし、上手くできるか自信もないけれど、このままで辛いのはレティーシャも同じなのだ。彼女はシーザーに言われた通り、先ほどよりも激しく腰を動かした。

「んっ、あっ……」

すると彼の硬い剛直が良い具合に肉奥に当たり、レティーシャに快感をもたらす。

「あっ、ああっ」

もっと、もっとと求めるように、彼女はシーザーの上に跨がったまま、腰を揺らした。

一方のシーザーは、どこか嗜虐《しぎゃく》的な色を瞳に湛え、口の端に笑みを浮かべながらレティーシャの痴態を見上げている。

その眼差しに気づいたレティーシャははっと羞恥に頬を染めるも、腰の動きは止まらなかった。

「んっ、あっ、シ、シーザー……っ、き、気持ち良い……？」

「ええ、とても。それに最高の眺めです」

「……？」

眺め？　と小首を傾げる彼女に笑みを深め、シーザーはレティーシャの腰をがっしりと掴んだ。

「えっ」

「ただ、やはりあなただけに動いていただくのは性に合わないので、俺もお手伝いしますね」

「えっ、あっ、ああっ……ん！」

そう宣言したシーザーは、再び腰を突き上げ始めた。

先ほどまでとは比べ物にならない衝撃に揺らされ、強い快感がレティーシャを襲う。こうなるともう自分で腰を動かすどころではなく、彼女はされるがまま、シーザーに突き上げられ翻弄されるだけだ。

「あっ、ああっ、あっ……」

（こ、こえ、を、おさえ……なくちゃ……）

レティーシャは息も絶え絶えに喘ぎ、それでもなんとか声を抑えようと、彼の肩に手をつき、縋るように抱き寄せて、シーザーの唇に口付けた。

彼がそうしてくれたように、互いの唇を合わせて声を殺そうと思ったのだ。

「んっ、んんっ……」

余裕のないレティーシャとは対照的に、シーザーは間断なく腰を打ちつけながらも彼女の舌を絡め取り、犯し尽くす。

（あっ、ああっ……）

彼の手はいつの間にかレティーシャの腰ではなく、それより下の臀部をがっしりと摑んでいた。時折、尻のふくらみを愛でるように撫で回す余裕さえ見せる。

「……ああっ、あなたは本当に……っ、可愛くてたまらないな……っ」

「あっ、んっ、あっ、シーザー、シーザー……っ」

（また、きた……っ、きちゃう……きちゃう……っ！）

嵐のような攻勢に耐えていたレティーシャに、果ての気配が近づいてくる。

そして一際激しく穿たれた瞬間、彼女は「ひああっ……」とか細い悲鳴を上げ、絶頂を迎えた。

「く……っ」

一度腰の動きを止めたシーザーは、くったりと力なく倒れ込むレティーシャの身体をしっかりと抱き締めて、再び抽送を開始する。

「あぁ……っ」

「レティーシャ、レティーシャ……っく……」

シーザーは愛する人の名を呼びながら数度腰を打ちつけて、ようやく彼女の中に二度目の精を放った。とその拍子、レティーシャもまた軽く果てて、花びらがきゅうっと収縮し、彼の精を絞りとらんと締め付ける。

「はあ……っ」

シーザーは恍惚《こうこつ》の息を吐き、ぶるっと身を震わせた。

それから改めてレティーシャを抱き寄せ、繋がったまま、横向きにシーツの上へ倒れ込んだ。

「……はぁっ、はあっ……」

レティーシャはしばし、シーザーの胸に抱かれて身体を休める。

荒く乱れていた呼吸が整い、快楽に浮かされていた熱がゆっくりと鎮まっていった。

（シーザー……）

彼への愛を強く感じる。ずっとこのままでいられたらいいのにと、思わずにはいられなかった。

けれど、彼は明日この屋敷を出て、再び北の国境へと赴く。

シーザーは必ず帰ってくると言ってくれたけれど、彼が向かうのはいつ命を落としてもおかしくない危険な戦場なのだ。

もしかしたら、これが最後の逢瀬《おうせ》になるのかもしれない。

「……っ」

そう思っただけで、胸が張り裂けそうになる。

「そんな顔をしないでください、レティーシャ」

別離の不安に胸を焦がすレティーシャの心情を察したかのように、シーザーが微笑《わら》った。

「言ったでしょう？　俺は必ずあなたのもとへ帰ってくるって」

「でも……」

不安なものは不安なのだ。彼を深く愛すれば愛するほど、喪う恐怖が大きくなる。

そう瞳を陰らせるレティーシャの左手を、シーザーがとった。

そして彼女の薬指にちゅっと口付け、囁く。

「やっとあなたがここを空けてくれたのに、死ねるわけがない」

「……気づいていたの？」

レティーシャが、指輪を外していたことを。

そう尋ねると、シーザーは「気づかないわけがないじゃないですか」と苦笑した。

「いつだって、あなたを縛るあの男の指輪を忌々しく思っていましたからね。今夜この部屋を訪ねて、あなたの指から指輪がなくなっているのを見て、どんなに嬉しかったか……」

シーザーは指輪の痕が残る肌に再びキスをすると、改めてレティーシャの瞳を見つめ、言った。

「帰ってきたら、今度は俺があなたを縛る指輪をここに贈ります。あなたが俺の伴侶であるという証を。……受け取ってくれますか？」

「シーザー……」

「そしてあなたも、俺の薬指に証を嵌めてください。この約束を支えに、俺は戦います。戦って、勝って、必ずあなたを迎えに来ます」

自分との約束を支えに戦うと、彼は言った。

なら、自分は……私は……

（……私も、戦わなくては……）

彼の身を案じる不安と、別れの寂しさと、最愛の存在を喪うかもしれないという恐怖から目を背けず、戦う。

レティーシャはそう、心を決めた。

「ええ、あなたの帰りを……この指にあなたの証を嵌める日を、私は待ち続けるわ」

だから絶対に帰ってきてと、レティーシャは彼の手を強く握り締める。

「ありがとう、レティーシャ……」

シーザーは繋いだ彼女の左手の薬指と唇にキスを落とした。この約束を必ず果たすと、誓いを立てるように。

そうして二人は身を寄せ合い、互いの温もりを間近に感じながら、最後の夜を過ごしたのだった。


翌日、早朝。誰にも知られないようレティーシャの寝室を去ったシーザーは、ヴェロニカを除くブラウン伯爵家の面々に見送られ、この屋敷を発った。

（あっ……）

彼は去り際、レティーシャにだけわかるように自身の左手を掲げ、薬指に口付ける。

（シーザー……）

昨夜の約束を忘れないでと言われた気がして、彼女の胸はきゅっと締め付けられた。

（忘れない。忘れるはずがないわ）

自分は彼を信じ、彼の帰りを待ち続ける。

そして帰ってきたシーザーと、誰にはばかることなく結ばれるのだ。

それはレティーシャにとって、何物にも代えがたい大切な未来であり、希望であった。

第八章　幽霊の来訪

夫の留守を預かっていた時とは違う、確かな絆を感じながら愛する人の帰りを待つ日々は、ゆっくりと過ぎていく。

シーザーと出会ってから今日までの数か月はあっという間に駆け抜けていったような気がするのに、彼が去ってからは、一日がとても長く感じられた。

それだけ、シーザーとの再会が待ち遠しくて仕方ないということなのだろう。

（まだ、たった二日しか経っていないのにね）

自分の辛抱の足りなさに呆れたレティーシャは、人知れず苦笑を浮かべる。

彼女は今、エミールの眠る子ども部屋から自身の寝室へと戻る途中だった。折しもその日は夕暮れ時から天気が崩れ、嵐を思わせる激しい風の音に怯えたエミールに請われ、彼が寝付くまで添い寝をしてやっていたのだ。

「シーザーは今ごろ、どうしているかしら」

夜も更け、廊下にはレティーシャの他に人の姿はない。故に、彼女の呟きを聞き咎める者もいなかった。

（会いたい……）

シーザーとの関係は周りに秘密にしているから、レティーシャは人前では寂しさや不安を押し隠し、平静を装っている。

けれどひと度一人きりになると、シーザーのことばかり考えてしまう。

夫の帰りを待っていたころは、ここまでではなかった。もちろん、当時はアーノルドのことを愛おしく思っていたし、寂しさや不安を抱えてもいたけれど、四六時中相手のことで頭がいっぱいになるようなことはなかった。

傍にいないからこそよけいに、シーザーのことを意識してしまうのだろうか。

（シーザー……）

口に出せない代わりに、心の中で何度呼んだかわからない彼の名を呟く。

そうする度、レティーシャの胸には寂しさや切なさと同じだけ愛おしさが込み上げ、シーザーを想う喜びや、彼が自分に与えてくれた幸せな思い出が甦ってくる。

だから寂しくはあるけれど、彼のいない時間を耐えられていたのかもしれない。

（そういえば……）

レティーシャはふと、窓の外へと視線を移す。

ガラス窓に隔てられた外界では、強い風に吹かれ、木々がざわざわと激しく揺れている。

シーザーが初めてこの屋敷へやってきた日も、こんな風の強い夜だった。

あの時にはまさか、彼と男女の関係になるなんて考えもしなかった。

けれどシーザーはあの時すでに、自分のことを愛しく想ってくれていたのだ。

「…………」

レティーシャはそっと、左手の薬指に触れる。

（大丈夫、彼はきっと帰ってきてくれる）

シーザーと交わした約束を思い返すだけで、心にじんわりと温かいものが広がっていく。

なんだか、離れている彼に勇気をもらったような気がして、レティーシャはふっと笑みを浮かべた。

いつだって、シーザーは自分の心を支えてくれているのだ。

改めてそう実感したレティーシャが、寝室に向かって再び歩き出したその時――

「ひっ、ひあああああっ！」

階下から、絹を裂いたような老執事の悲鳴が響き渡った。

（ケイデンス⁉）

レティーシャは慌てて階段を駆け下り、声のした方――玄関ホールへと急ぐ。

するとそこには、開かれた扉の前に立つ人影と、腰を抜かしているケイデンスの姿があった。

（誰……？）

ケイデンスと対峙している人物は外套のフードを目深に被っており、こちらからはその容貌が窺えない。ただ、背恰好からして男性だろうということと、武器の類は持っていないということはわかった。

強盗に押し入られたというわけではないようだ。ではいったい、何があったのだろう。

「わ、若奥様……」

レティーシャの姿に気づいたケイデンスが、床に尻をついたままこちらを振り返る。その顔は薄暗がりの中でもわかるほど蒼白で、恐怖に歪んでいた。

まるで幽霊にでも出くわしたかのようだと、レティーシャは思う。

「………」

不審な人物に警戒しながら、彼女は恐る恐るケイデンスに近づいた。そして腰を抜かし怯えている老執事に「大丈夫?」と声をかけ、開いたままの玄関扉を背に立っている男へと視線を向ける。

(え……っ、う、嘘……)

その男の容貌を目にしたレティーシャの瞳が、驚きに見開かれた。

(そんな、そんなはず……)

悲鳴を上げ、腰を抜かしたケイデンスの気持ちが今ならよくわかる。

彼が遭遇したのは、まさしく幽霊だった。

何故なら、今彼らの目の前にいるのは――

「久しぶり……だな。レティーシャ……」

戦場で死んだはずの夫、アーノルドだったのだ。

「どう……して、アーノルド……様……？」

凛々しく整っていたはずの顔は見る影もなくやつれ、痩せこけているし、不精髭に覆われて薄汚れているけれど、その面立ちは間違いなくアーノルドその人である。

一瞬、レティーシャは亡き夫が自分の不貞を罰するために化けて出てきたのかとも考えたが、目の前の人物は幽霊とは思えないほどの実体感を持ってそこに立っていた。

だが、こんなことはありえない。ありえない……はずだ。彼は敵軍の奇襲に遭って名誉の戦死を遂げ、その遺体は国境の町ノールズの墓地に葬られている。遺髪と形見の品だって、シーザーの手によって届けられた。それに、シーザーははっきりと言った。アーノルドは戦死したのだと。騎士団からも、戦死の報が届いた。

では、今目の前にいるアーノルドはやはり幽霊なのだろうか。

「…………」

レティーシャが呆然とアーノルドを見つめていると、二人分の足音がこちらに近づいてくる。

「悲鳴が聞こえたが、何かあったのか？」

「ケイデンス？　それにレティーシャも、こんな時間にいったい何を騒いで……」

現れたのは義両親だった。彼らは老執事とレティーシャに訝しげな視線を送り、次いでアーノルドに目を向ける。

するとアーノルドは、それまで目深に被っていたフードをとり、自身の親に向かって頭を下げた。

「お久しぶりです、父上、母上」

「ひっ」

義母ドーラは引きつったような悲鳴を上げ、口元を押さえる。義父チャールズもその隣で驚愕の表情を浮かべ、自分を「父上」と呼んだ男を凝視していた。

「アーノルド……なのか……？」

信じられないと声を震わせるチャールズに、アーノルドは苦笑を浮かべて「はい」と答える。

「あなた方の息子のアーノルドです。ようやく帰ってきました」


思いがけないアーノルドの帰還に困惑したレティーシャ達だったが、ひとまず場を応接間に移し、本人から事情を聞くことにした。

ケイデンスの悲鳴を聞いて駆けつけたのはここにいる面々だけで、自室で休んでいるヴェロニカやエミール、そして数少ない住み込みの使用人達は異変に気づいた様子はない。それが幸いであったと知るのは、すぐあとのことであった。

「――ローレンス王国軍から奇襲を受けたあの夜、俺は……」

長椅子に腰かけたアーノルドの口からこれまでのあらましが語られる。

敵軍の奇襲を受けた夜、突然の事態に砦は混乱していた。

アーノルドは砦の守備を副師団長に任せ、動ける部下達を率いて砦の外へと敵兵を押し返していたという。戦況は劣勢から優勢へと転じ、奇襲を受けた怒りもあって頭に血が上っていたアーノルドは、このまま奇襲部隊を壊滅に追い込んでやろうと、敵の部隊を深追いした。

だがそれは、敵の罠だったのだ。敵軍はアーノルド達を誘い込むために劣勢を演じていただけで、気づいた時には周りを多くの敵兵が取り囲んでいた。

次々と死んでいく部下達。自身も傷を負い、勝機の見えない戦いの中で、アーノルドは死の恐怖に駆られ、錯乱《さくらん》した。そして気づけば指揮を放棄し、みっともなく逃げ出そうとした。

しかし足を負傷していたため遠くまでは逃げられない。そこで、敵兵や味方の目を盗んで死体の下に隠れると、じっと縮こまり、戦闘が終わるのを待ったのだという。

（そんな……）

つまり彼は卑怯にも、自分だけ助かろうとして、部下達を見殺しにしたのだ。

「自分でも、どうしてそんな行動をとってしまったのか、わからないんだ。ただ、その時はとにかく無我夢中で……」

自分の失態を恥じつつ、チャールズの顔色を窺いながら事の経緯を語る夫の姿は、かつてレティーシャが憧れた『アーノルド様』の幻想を打ち砕くほど情けないものだった。

黙って話に耳を傾けていたレティーシャは、思わずぎゅっと両の拳を握り締めた。

「それで……」

師団長であるアーノルドが逃亡を図ったことで敵の攻撃は勢いを増し、味方はさらなる混乱に陥ったのだという。結果として、敵軍が撤退したあとにかろうじて生き残っていたのは、アーノルドの他にシーザー一人だけ。

敵兵が引き上げたあと、アーノルドは部下達の中でただ一人生き残ったシーザーに、自分の犯した罪を黙っていてほしいと懇願した。

アーノルドは情けなくも死を恐れ、戦闘中に逃亡を図った。そして部隊に甚大な被害をもたらした。これは大罪であり、王国騎士の名誉を汚す、唾棄すべき行いである。軍規に則《のっと》れば、死刑になる可能性もあった。

「だから黙っていてほしい、なかったことにしてほしいと、必死に頭を下げたんだ。だが、奴は……」

それはできないと、シーザーはきっぱり断ったらしい。正直に己の行いを告白し、騎士団の沙汰を受けるべきであると。それが死んでいった同胞達への贖罪であると、怒りを滲ませて語ったのだそうだ。

自分から言えないのなら、俺が代わりにお前を告発する。そう断じるシーザーに、アーノルドは縋りついた。

確かに自分は許されない罪を犯したが、師団長が逃亡を図り部隊を壊滅に追い込んだと知られれば士気が下がる。それに、王都で待つ家族にも迷惑をかけることになる。両親や妻を犯罪者の身内にしたくない。

　家族を引き合いに出すと、それまで毅然とアーノルドの言葉を拒んでいたシーザーが、迷う素振りを見せたのだそうだ。

　ここぞとばかりに、アーノルドはシーザーに頼み込んだ。どうか見逃してほしい。妻や両親が逃亡を図った騎士の身内として白い目で見られ、蔑まれ、罵倒されるのは自分の身を切られるより辛い。家族を巻き込みたくないのだと、情に訴えて。

　シーザーは苦渋の表情を浮かべ、「ならば」と、アーノルドの『名誉の戦死』を偽装する策を提案してきたのだという。

　シーザーがアーノルドの罪を黙っている代わりに、アーノルドはこの戦闘で討ち死にしたことにして、二度と表舞台には現れない。当然、家族の前にも姿を現さない。

　そういう約束で、アーノルドの罪に目を瞑《つむ》ってくれたらしい。

（ああ……っ、シーザー……）

　おそらく彼は、自分や義両親のためにアーノルドの共犯者になってくれたのだ。

　恋敵というだけでなく、自分の仲間達を見殺しにした卑怯者に、シーザーは激しい怒りと憎しみを抱いただろう。

　けれど彼はレティーシャ達を犯罪者の身内にしないために、アーノルドに力を貸した。一歩間違えれば共犯者として罪に問われる危険を冒《おか》しながら、それでも自分達を守ろうとしてくれたのだ。

シーザーが時折何かを言いかけ、結局言えずに口を噤んでいたのは、きっとこのことだったのだろう。彼はずっと、こんなにも重い秘密を抱えていたのだ。

「シーザーは砦に残った味方が駆けつける前に、俺の怪我に応急処置を施し、俺と背恰好のよく似た敵兵の死体と俺の装備を取り替えた」

夫の告白は続く。

そしてアーノルドはシーザーに言われるまま自分の髪を一房切り取り、結婚指輪と共に形見の品としてシーザーに預け、それらしい遺言の言葉を彼に託したのだという。

その後二人は身代わりの死体の判別がつかないようにするため、敵味方問わず周りの死体に火を放って焼いた。これはシーザーがアーノルドから今際の際の遺言と形見を託されたあと、さらに敵兵がやってきて火を放ったということにしたらしい。

ではノールズの墓地でアーノルドとして葬られた遺体は、敵兵のものだったのか。

(騎士としての誇りを胸に王国のため戦ったのだと信じていたアーノルド様が、まさかこんな罪を犯していたなんて……)

「…………」

やりきれない思いでいるのは、レティーシャだけではないのだろう。

先ほどから押し黙ったままのチャールズは血管が浮き出るほど強く両の拳を握って息子を睨みつけているし、ドーラは顔面蒼白になって震えている。扉近くに控えて耳を傾けていたケイデンスも、複雑そうな表情で俯いていた。

「……それで、そのあとはどうしていたのですか……？」

言葉を発さない義両親に代わり、レティーシャが先を促す。

アーノルドの話によれば、彼はシーザーと「もう二度と表舞台に現れない、家族の前にも姿を現さない」という約束をしていたのではないか。にもかかわらず、どうしてこの屋敷へ帰ってきたのか。その理由が知りたかった。

「俺は……」

さすがのアーノルドも、自分の所業に後ろめたさを感じているのだろう。気まずげに視線を彷徨わせながら、ぽつぽつとレティーシャの問いに答え始める。

彼はシーザーと偽装工作を施したあと、夜陰に紛れて戦場から逃亡したらしい。どうにかノールズの町まで逃れたあとは、別の町に移動してしばらく身を潜めていたのだそうだ。

「別れ際、シーザーは手持ちの金や換金できそうな物を逃亡資金として渡してくれたんだが、それも心もとなくなって……。怪我もなかなか治らなくて、満足に働くこともできなかったし……」

アーノルドは「だから仕方なく、仕方なくなんだ」と情けなく言い訳しつつ、シーザーとの約束を破って生家を頼ることにしたのだと告白した。

（満足に働くことも……って……）

彼はまだ身体が本調子でないと言い張っているが、あの戦闘からもう何か月も経過している。第一、北の国境地帯から王都まで移動してこられたのだから、働けないという道理はないだろう。

「さすがに俺も、この家の当主に戻れるとは思っていない。俺が生きていることが露見すれば、戦死を偽装したことがばれて、逃亡を図ったことも明らかになるだろう。だからこの先は王国を出て、別人として生きていくつもりだ」

そこまで語ってから、シーザーはレティーシャ達に「頼む！」と頭を下げた。

「どうか、そのための資金を援助してほしい。それから、身体が回復するまでここに匿《かくま》ってもらえないだろうか」

「アーノルド様……」

彼の死に衝撃を受け、嘆き悲しんでいたあの日々はいったいなんだったのだろう。

英雄になんてならなくていい。ただ生きて帰ってきてさえくれればそれでいいと願っていたはずなのに、今、レティーシャは夫の生還を素直に喜ぶことができない。

アーノルドが見捨てて死んでいった騎士達や、偽装に巻き込んだシーザーに申し訳なくて、ただただ胸が痛かった。

彼は本当に、自分がかつて憧れ、そして恋したアーノルドなのだろうか。

あまりの変わり様に、レティーシャは二の句が継げなかった。それとも自分が気づかなかっただけで、これがアーノルドの本性だったのだろうか。

以前の自分は、夫の表面的な恰好良さしか見ていなかったのかもしれない。

「……ふざけるなっ、このっ……！　恥を知れ！」

するとと突然、それまで口を噤んでいたチャールズが罵声を上げて立ち上がり、息子の胸倉を掴んだ。アーノルドを殴り飛ばそうと、拳を振り上げる。

「あなた！」

「お義父様！」

ドーラとレティーシャは慌てて止めに入った。

だが女二人では元騎士であるチャールズを制止することはできず、彼の拳は息子の頬を容赦なく打つ。

「ぐぁっ……」

「お前は騎士の誇りをどこに捨ててきた！　指揮官でありながら、戦場で逃げ出しただと？　お前は何のために国境にいたのだ。女と遊ぶためか？　情けなくて陛下や先祖に申し訳が立たんわ！」

「ち、父上……」

「いいか、今すぐ騎士団本部に出頭しろ！　そして死んでいった同胞達に償うのだ！」

「お義父様……」

こんなにも激情を露わにした義父の姿をこれまで見たことがなかった。レティーシャはチャールズの怒りに気圧されたかのように、その場から一歩も動けなかった。

けれどドーラは泣きじゃくりながら、「やめて、お願いだから」と夫に縋る。

「そんなことをしたら、今度こそアーノルドが死んでしまうわ。せっかくこうして生きていてくれたのに……」

「お義母様……」

「お前……っ」

「それにもしアーノルドが罪に問われたら、この家は……。可愛いエミールの将来はどうなるの？　犯罪者の子どもとして後ろ指をさされるなんてかわいそうよ！」

「むぅっ……」

（……お義母様の言う通り、だわ。それにもし、アーノルド様が出頭したら……）

共犯者であるシーザーも、共に縄を打たれることになるのではないか。

（ああっ……）

レティーシャは葛藤する。道理に照らせば、チャールズの言う通りアーノルドは出頭して罪を償うべきなのだろう。レティーシャだって、できればそうしてほしい。そうするべきだと思う。

だが息子を死なせたくない、可愛い孫に犯罪者の息子という汚名を着せたくないというドーラの気持ちもわかるのだ。

それに何より、自分達のために尽力してくれたシーザーを、これ以上アーノルドの罪に巻き込みたくない。

「……お義父様、私からもお願いいたします。どうか、この件は内密に……」

レティーシャは悩んだ末、チャールズに許しを請うた。

シーザーがそうしてくれたように、自分も愛する人を守りたい。

それが卑怯な選択だとわかっていても、アーノルドが犠牲にした人々に顔向けできない行いだとわかっていても、答えは変わらなかった。

(私も共に、この罪を背負います。だから、どうか……)

「お願いします、お義父様……」

「……っ、くそっ」

妻と娘に揃って懇願され、チャールズは渋々といった様子でアーノルドを匿うことを承知した。レティーシャはほっと胸を撫で下し、「ありがとうございます、お義父様」と礼を言う。

幸いにして、アーノルドが帰ってきたことはこの場にいる面々にしか知られていない。出国するまでの限られた期間であれば、なんとか匿いきることも可能だろう。

その後レティーシャ達はアーノルドの希望で、応接間にヴェロニカを呼んだ。寝ていたところを起こされたヴェロニカは不機嫌そうだったけれど、アーノルドの姿を見て驚きの声を上げ、事情を全て聞き終わるなり「生きていてくれてよかった！」と彼に抱きついた。

「ヴェロニカ……」

アーノルドは両親やレティーシャの目を少しばかり気にしたようだったけれど、結局は彼女の熱烈な抱擁に応え、「またお前達に会えて嬉しい」と囁いている。まるでこの二人こそが本当の夫婦であるかのようだ。

（これでよかった……のよね……）


かつての自分なら、目の前の光景に胸の痛みを覚えたかもしれない。

だがレティーシャの中にはもう夫の愛人に対する妬心はなく、あるのはただ、この先を無事に乗り切れるのだろうかという不安だけだった。

その夜、帰還したアーノルドはレティーシャが使っている寝室で休むことになった。

ヴェロニカが自分の部屋へと彼を誘ったのだが、ドーラが「とんでもない！」と猛反対し、レティーシャの寝室に行くよう命じたのだ。

レティーシャの心変わりを知らない義母は、ずっとアーノルドの帰りを待ち続けたレティーシャが夫と過ごせるよう、気をきかせてくれたのだろう。

そもそもこの部屋は夫婦二人の部屋であるのだから、彼がここを使うのは当然とも言える。

けれど、だからといって今更、レティーシャがアーノルドとの同衾《どうきん》を素直に受け入れられるはずもなかった。

正直なところ、五年も前にたった一度、ただ共に眠っただけの相手と――ましてや自分を騙し、愛人と不貞を続けていた夫と同じ床で眠るなど、苦痛でしかない。

何より、自分に想いを寄せてくれたシーザーへの裏切りのように思えて心苦しかった。

自分のような貧相な女に食指が動かないというアーノルドは、おそらく五年前と同じく手を出してはこないだろう。今夜も、ただ隣で寝るだけで終わるに違いない。

だが、もし自分が逆の立場で、肌を合わせることはなくてもシーザーが他の女性と同じベッドで夜を過ごしたら……

（……いやっ）

想像しただけでも胸が苦しくなる。

そしてそれは、きっとシーザーも同じだろうと思うのだ。

おまけにこの場所には、何度もシーザーと身体を重ねてきた生々しい記憶がある。

そんな場所で、今度は夫と過ごすなんて……

（どうしたらいいの……）

アーノルドは現在、老執事の手を借りて別室で身を清めているため、まだここにはいない。

先に寝室に戻ったレティーシャは、落ち着きなく部屋の中を歩き回りつつ思案する。

どうすれば、アーノルドとの同衾を回避できるだろうか。

（あれほど熱烈に再会を喜び合っていたのだから、そのままヴェロニカと一夜を共にしてくれて構わないのに……）

だがシーザーへの想いを隠している以上、あの場で義母の気遣いを蹴ってまで、愛人の部屋を勧めることはできなかった。

いっそアーノルドが来る前に、エミールの部屋に逃げてしまおうか。

それとも、自分のことは気にしなくていいからと殊勝なふりをして、ヴェロニカの部屋へ行くよう促してみようか。

「なんだ、まだベッドに入っていなかったのか」

「……っ」

答えを決めかねているうちに、アーノルドが来てしまった。

湯を浴びてさっぱりしたのだろう。垢を落とし、不精髭を綺麗に剃り落とした顔は相変わらず痩せこけてはいたものの、記憶の中のアーノルドの風貌に近くなっている。

何も知らないころの自分なら、この姿に胸をときめかせ、奇跡の再会を喜んでいただろう。けれど今のレティーシャにとって、夫であるはずのアーノルドはとうてい心を許せる相手ではなかった。

「あ、あの、アーノルド様……」

レティーシャは、頭の中で必死に言い訳を考える。

「……その、長旅で……お疲れでしょう？　私はエミールの部屋に行きますので、お一人でごゆっくりと……」

結局はエミールの部屋に逃げることにして、レティーシャはそそくさとアーノルドの横を通り過ぎようとした。

しかしすれ違いざま、アーノルドに手を掴まれる。

「その必要はない。お前もここで寝ればいい」

「……っ、で、ですが……」

「俺と同衾するのが嫌なのか？」

「……っ」

正直に「嫌です」とも言えず、レティーシャは口籠もる。

そんな彼女に、アーノルドはふっと皮肉気な笑みを浮かべた。

「そう、だよな。……俺は、ずっとお前を裏切ってきた」

どうやらアーノルドは、レティーシャが自分の不貞を咎めているのだと解釈したらしい。

「ヴェロニカとのことは、悪かったと思っている。だが、お前にはわからないだろうが、男にはああいう女も必要なんだ」

「……ああいう女……」

「結婚したころは、お前もまだ硬い蕾だった。俺の相手をさせるのは不憫だと思ったんだ」

「…………」

今更そんな言い訳なんて聞きたくない。初夜の傷ついた記憶を思い出し、レティーシャはきゅっと眉根を寄せた。

だがレティーシャの気持ちとは裏腹に、アーノルドは彼女の手を掴んだまま、自分勝手に言葉を続ける。

「母上に聞いた。お前は健気に俺を信じて待ち続けてくれていたと。それを聞いて、俺がどんなに嬉しかったかわかるか？」

「アーノルド様、私は……」

「あれから五年……か。お前の姿を見て驚いたよ。すっかり花開いて、美しくなったな」

（ひっ……）

ねっとりとした熱を孕んだ瞳に見つめられ、レティーシャの背に悪寒が走る。

確かに彼の言う通り、レティーシャの身体は五年の時を経て成熟していた。特にシーザーと再会してからは彼の愛に包まれ、女としての艶を増してもいる。

レティーシャ本人に自覚はなかったけれど、それはアーノルドの関心を引くのに十分すぎるほどの変化だった。

「なあ、レティーシャ」

（い、いや……っ）

何度もシーザーと身体を重ねてきたレティーシャは、目の前にいる男が自分に劣情を向けていることに否応なく気づいてしまう。

けれどシーザーの時とは違って、アーノルドにそういう眼差しを向けられるのはたまらなく不快で、とても恐ろしかった。

盲目的にアーノルドを慕い、彼に抱かれることを望んでいたかつてのレティーシャは、もう彼女の中にいないのだ。

「わ、私はエミールのところに行きます！　私のことはお気になさらず、どうかヴェロニカをお召しになってください」

彼女の部屋に行くのでも、ヴェロニカをこの寝室に呼ぶのでも構わない。

しかしアーノルドは、そう言ってこの場から離れようとするレティーシャを逃すまいとして、無理やりに彼女を抱き締めた。

「やっ……、アーノルド様！　やめてくださいっ」

「なぁに、ヴェロニカに遠慮することはない。俺の妻はレティーシャ、お前なのだから」

（どの口が……っ）

ずっと自分を騙し、裏切っていたくせに。ヴェロニカと二人で、嗤《わら》っていたくせに。

どうして今更そんなことを言うのかと、怒りが込み上げてくる。

「五年前、俺はお前に言ったな。『俺は必ずお前のもとに帰ってくる。その時には、今度こそお前を抱こう。お前を愛して、子を生し、温かな家庭を築くと誓う』……だったか？

その約束を、今ここで果たそうじゃないか」

興奮しているのか、アーノルドは鼻息荒くまくし立てる。

その様は、まるで発情した野良犬のようだ。

（いや、いや……っ）

「いずれこの国を去る俺はもう、お前と家庭を築くことはできない。だがせめてこの屋敷にいる間くらいは、夫婦として仲良く過ごそう。な？　そうしよう」

言って、アーノルドはレティーシャをベッドに押し倒した。

「いやっ！　やめてください！」

レティーシャはばたばたと手足を動かし、必死に抵抗する。

アーノルドに――シーザー以外の男性に身体を許すなんて耐えられない。

しかし男の力には敵わず、レティーシャはもがくことしかできなかった。

「やめて！　私に触らないで！」

「ははは、そんなに恥ずかしがらなくていい。ちゃんと優しくしてやる。お前は処女だからな。ヴェロニカより大切に扱ってやるから、いい加減に機嫌を直せ」

（こ、この人は、何を言っているの……）

何故、アーノルドは楽しげに笑っているのだろう。

この男は、自分が嫌がっていることがわからないのか。

レティーシャは得体の知れないものを見るような目で、笑いながら自分を組み敷くアーノルドを睨む。まさか彼はレティーシャが恥じらっているだけだと、もしくはヴェロニカとのことで拗ねているだけだとでも思っているのだろうか。

ならばと、レティーシャは改めて拒絶の言葉を吐く。

「お願いですから放してください。私はあなたに抱かれたくないのです！」

だがアーノルドはレティーシャの抵抗を受けても、愉快とばかりにニヤニヤと笑うのみで、拘束を解こうとはしなかった。

それどころか次の瞬間には、彼女のナイトドレスの胸元を摑み、無理やりに引き裂く。

「いやあああっ！」

ビリリッと絹の裂ける音がして、レティーシャの肌が晒された。

「……っ！」

しかし彼女の胸元を目にした途端、それまでニヤついていたアーノルドの形相が一変する。

「なんだ……これは……」

「え……？」

彼の視線の先にあるのは、レティーシャの白い肌に刻まれた赤い痕。二日経ってさすがに薄くなってきたものの、それはアーノルドの目を引くには十分な印影を残していた。

おまけに所有の証は一つや二つに留まらず、シーザーの執着を表すようにいくつもの痣《あざ》となって刻まれている。

処女だと信じていた妻の身体に残されていた、別の男の痕跡。カッと怒りを募らせたアーノルドは全身に憤怒《ふんぬ》の色を漲らせ、吊り上がった目でレティーシャを罵倒した。

「この……っ、売女《ばいた》め！」

「きゃあっ！」

刹那、レティーシャの頬を衝撃が襲う。アーノルドが彼女をぶったのだ。

「夫の居ぬ間に他の男を咥え込んでいただと!?　俺を馬鹿にしているのか！」

夫婦の寝室に、アーノルドの怒号が響き渡る。

「ひっ……っ」

彼の怒りは一度妻の頬を張り倒しただけでは収まらなかったようで、両手がレティーシャの細頸《ほそくび》に伸びてくる。そしてアーノルドはぎりぎりと、妻の首を絞めた。

「ぐっ……、ぅう……っ」

（いや……っ、苦しい、怖い、誰か……っ）

自分はこのまま殺されてしまうのだろうか。

死の恐怖を感じるほどに、目の前の男の怒気はすさまじかった。

（助けて……っ、シーザー……っ）

心の中でどんなに呼んでも、彼が来てくれるはずもない。シーザーは今王都を離れ、戦場へ向かっているのだから。

（ああ、でも……っ）

シーザー以外の男に穢されるくらいなら、いっそ死んでしまった方がマシなのかもしれない。

だんだんと遠のく意識の中で、そんな諦念が浮かんでくる。

「貞淑な顔をして、俺も両親も騙していたんだな！」

「ぅ……っ、ぐ……っ」

（シーザー……）

近づく死の気配を前に、浮かぶのはあの人の顔。

（約束……、守れなくて……ごめんなさい……）

レティーシャがそう、己の生を諦めかけたその時――

「若奥様！」

寝室の扉が開いて、老執事がアーノルドに摑みかかった。

「おやめください旦那様！　若奥様になんてことを！」

ケイデンスが無理やり引きはがしてくれたおかげで、レティーシャの首からアーノルドの手が離れる。

「かはっ……」

すんでのところで解放されたレティーシャは、目に涙を浮かべながらぜいぜいと息を吐いた。その首には、くっきりと手の形の痣が残っている。

「ああ、若奥様……」

ケイデンスは痛ましげな表情を浮かべ、無残な姿のレティーシャに自分が羽織っていた上着をかけた。

「若奥様の悲鳴が聞こえたので駆けつけてみれば、これはどういうことですか旦那様！　何故このような無体を……」

「黙れケイデンス！　この女は俺を裏切っていたんだ！」

アーノルドは、レティーシャを庇う老執事に叫んだ。

レティーシャの身体には明らかな不貞の痕があった。故に自分の行いは、夫を裏切った妻に対する当然の仕打ちなのだと。

　だがケイデンスは顔色一つ変えず、むしろそれがどうしたと言わんばかりの表情で、

「お静かになされませ」と主人を諫める。

「事情はわかりました。しかしあまり騒がれますと、他の使用人達にも旦那様の存在が知られてしまいますぞ」

「なっ……」

「残念ながら、当家の使用人は口の堅い者ばかりではありません。死んだはずの旦那様が帰ってきたと、騎士団本部に密告する者も出てくるかもしれませんな。それでもよろしいのですか？」

「お前っ、誰に向かってものを……」

「よろしいのですか？」

「くっ……、勝手にしろ！　こんな女など、もう知らん！」

　アーノルドは悪態を吐き、乱暴な足取りで寝室を出ていく。おそらくはヴェロニカの部屋にでも向かうのだろう。

　その背を見送ったケイデンスは、はあ……と深く嘆息した。

「旦那様は変わられた。昔はあのような方ではなかったのに……」

　彼は、ベッドの上に倒れ伏したままのレティーシャに「大丈夫ですか？　若奥様」と声をかけた。

「あ……」

しかしレティーシャの胸中は、老執事に対する疑念でいっぱいだった。

彼はアーノルドが不貞を告発した時、驚きもしなかった。それどころか、騒ぎ立てるアーノルドを半ば脅すようにして黙らせ、レティーシャの傍から離してくれた。

助かったけれど、伯爵家に忠実な老執事がどうして不貞を犯した自分を庇ってくれたのか、その理由がわからない。

困惑するレティーシャは、老執事の上着に隠された自分の胸元をぎゅっと押さえた。その下には、アーノルドが激昂した原因――シーザーが残した愛の証が残っている。

ケイデンスはそんな彼女の様子を見てふっと微笑を浮かべ、穏やかな声音で尋ねた。

「若奥様のお相手は……シーザー様ですかな」

「っ……」

レティーシャの肩がびくっと揺れる。

「そうではないかと、前々から思っておりました」

「え……っ」

「よくよく観察していればわかることです。シーザー様はいつも、若奥様のことを気にかけておられた。そして若奥様もいつからか、シーザー様に気を許すようになられたご様子で……。当家の執事としては複雑な思いでしたが、若奥様の幸せを考えれば、旦那様よりもシーザー様の方が安心してあなたをお任せできます」

ない。

「ケイデンス……」

レティーシャとシーザーの関係を察していたケイデンスは、アーノルドがレティーシャに無体を強いるのではないかと不安を覚え、寝室の近くに控えていたのだという。だから、レティーシャの悲鳴を聞いてすぐ駆けつけてきてくれたのだ。でなければ、普段から周りに人気のない寝室の中でのこと、レティーシャは誰にも助けられず殺されていたかもしれない。

「若奥様は旦那様のお帰りをずっと待ち続け、アーノルド様の裏切りを知って胸を痛められてもなお、エミール坊ちゃまやあの愛人にさえ心を砕こうとなさった。大旦那様方やわたくし達使用人を見捨てず、女主人としてこの屋敷を支えてくださった。五年もの間、伯爵家のために変わらず尽力されてきたあなたを、わたくしは心から尊敬しております。そして同時に、まだ若いあなたに人並みの幸せを得てほしいとも願っていたのです。……本来なら、旦那様が心を入れ替えられ、真に若奥様に貞節を尽くしてくだされればよろしかったのですが……それも叶わぬことでしょう。それどころか、今のアーノルド様では徒らにあなたを傷つけるだけです」

「あ……っ、あぁっ……」

長年の間ブラウン伯爵家に忠節を尽くし、何よりも伯爵家の歴史と体面を重んじる矜持の高い老執事だと思っていたケイデンスに情け深い言葉をかけられ、レティーシャは驚く。と同時に、アーノルドに苛まれて恐怖に震えていた心をそっと、暖かい毛布で包まれたような気持ちになった。

「ケイデンス……っ、私、私は……っ」

そして気づけばレティーシャは、涙を流しながら自分とシーザーの関係を告白していた。シーザーがずっと昔から自分を想ってくれていたこと。そして彼が自分を娶るために戦場へ戻ったことも。

ケイデンスは時折相槌《あいづち》を打ちながら、二人の関係を咎めることなく、レティーシャの話に耳を傾けてくれた。

「そうだったのですね。シーザー様は信頼に足る御仁《ごじん》です。きっと、若奥様との約束を果たしてくださるでしょう」

「……ええ。私はその日まで、ここでシーザーの帰りを待つつもりでいたの。でも……」

アーノルドが帰ってきた今、そして心変わりを知られた今となっては、それも難しいかもしれない。

今宵はケイデンスのおかげで寝室から立ち去ったアーノルドだが、明日になればきっとまたレティーシャを責めるだろう。義両親にも、不貞の件を告げるに違いない。

いや、こうしている間にも、ヴェロニカに話してレティーシャの相手は誰か、心当たりはないかと問い詰めているのではないだろうか。

いずれにせよ、レティーシャの立場が悪くなることは目に見えている。

「………」

先ほどのようにまた暴力を振るわれることになるかもしれない、今度こそ殺されるかもしれないと恐れを抱きながら、レティーシャはアーノルドに平手打ちされた頬にそっと手を当てた。そこは触れてすぐわかるくらいに熱を持っている。きっと、赤く腫れてしまっているだろう。

夫が亡くなったと思っていたとはいえ、未だこの屋敷の女主人という立場にありながらシーザーと関係を持った自分には、当然の罰であったのかもしれない。けれど次も耐えられるだろうかと考えれば、暴力を振るわれ、首を絞められて殺されかけた恐怖が甦り、身体が震えてくる。

「若奥様……」

「ごめ……っ、なさ……、私……」

この身を穢されるくらいなら、死んだ方がマシだと思った。

けれどこうして命を永らえた今は、死にたくないと思う。シーザーに会わずに息絶えたくはない。愛しい彼にもう一度会いたいのだと心が叫び、涙が溢れてくる。

「うっ、ううう……」

「大丈夫、大丈夫ですぞ。若奥様のことは、このケイデンスめがお守りします」

「ケイデンス……」

「そのためにも、若奥様はしばらく旦那様のお傍から離れた方がよろしいでしょう」

ケイデンスは泣きじゃくるレティーシャを慰め、アーノルドがこの国を出るまでの間、屋敷を離れて他の場所に身を寄せてはどうかと提案する。

アーノルドは世間に正体を知られてはならない身の上だから、危険を冒してまでレティーシャを追いはしないだろうと。

「旦那様のことはわたくしめにお任せください。なぁに、『若奥様のことをあまり触れ回っては、自分が妻を寝取られた情けない夫であると吹聴しているようなものですぞ』とでも言っておけば、無駄に矜持の高いあの方のことです、すぐに口を噤むでしょう」

ケイデンスはレティーシャを励ますように、くすっと笑って言った。

どこかひょうきんな笑顔につられるように、レティーシャもふっと微笑を浮かべる。

「……ありがとう、ケイデンス」

今のレティーシャにはただただ、老執事の気遣いがありがたかった。


翌早朝、レティーシャは老執事の手引きで屋敷を抜け出した。

わずかな荷物を詰めた鞄を持ち、質素なドレスに身を包んだ彼女の首には包帯が巻かれ、頬には湿布が貼られている。どちらも昨夜、ケイデンスが手当てしてくれたものだ。

(まさかこんな形で、この屋敷を出ることになるなんて……)

老執事が手配してくれた馬車に乗り込む間際、レティーシャは五年の時を過ごした屋敷を振り返る。

しばらく他の場所で暮らすことはすでにレティーシャも納得していたが、事情を説明できないまま置いていくエミールのことが気がかりだ。

エミールには今日にもアーノルドの件を話し、実父と対面させる予定になっている。幼いあの子は死んだと聞かされていた父との再会に、何を思うだろう。

「エミール……」

「エミール坊ちゃまのことは、わたくしどもがお守りします。若奥様はまず、ご自分の身の安全を第一にお考えください」

ケイデンスは、落ち着いたころにエミールを連れて会いに行くとも言ってくれた。

「ありがとう、ケイデンス。エミールのこと、お義父様とお義母様のこと、よろしく頼むわね」

「はい、お任せください」

そうしてレティーシャは心強い笑みを浮かべる老執事に見送られ、ブラウン伯爵邸を後にしたのだった。

第九章　決着の時

ブラウン伯爵家の屋敷を出たレティーシャは、頬の腫れと首の痣が治るまではケイデンスが手配してくれた王都の宿屋に籠もって時を過ごし、その後はかねてより親交があった聖ロザリンド教会に身を寄せた。

聖ロザリンド教会に限らず、王都の教会には今、各地の病院で収容しきれなかった負傷兵が運び込まれている。レティーシャはケイデンスと相談し、しばらく屋敷を離れる口実として、負傷兵の世話に追われている教会の手伝いを申し出た。レティーシャは独身時代、熱心に慈善活動をしていたから、怪しまれることはないだろうと。教会と繋がりのある実家にも、そう説明してある。

身を守るためとはいえ、口実に利用した後ろめたさはあって、レティーシャはその分も懸命に働いた。血や膿《うみ》で汚れた包帯や服をその手で洗うことも厭わず、下働きの者達に混じって料理を作り、食事の介添えをし、負傷者や病人の世話をする。

質素な灰色のドレスを身に纏い、ひっつめ髪で忙しく立ち回る今のレティーシャを見て、貴族の夫人であると気づく者はいないだろう。

最初はみんな彼女のことを働き者の下町の娘だと思い、レティーシャの出自を知る教会関係者から真実を知らされて驚く。中には伯爵夫人であるレティーシャに世話されることに恐縮する者もいたけれど、誰にでも分け隔てなく接する彼女を前に、結局は素直に甘える者がほとんどだった。

レティーシャとしても、ただ夫から身を隠し、シーザーの帰りを待つだけの日々を送るよりは、こうして忙しくしている方が性に合っていた。

自分には騎士達のように戦場で戦う力はないけれど、目の前で傷ついている人々のためにできることはある。それが嬉しかったし、自分にやれることは精いっぱいやりたいとも思った。そうすることで、ささやかながらも前線にいるシーザーと共に戦っているような、そんな気分になれたのだ。

そうしてレティーシャが負傷者達の世話に追われる忙しい日々を過ごす間、ケイデンスはエミールを連れ、何度も彼女の様子を見に来てくれていた。

ケイデンスはその度に伯爵家の状況を教えてくれるのだが、レティーシャが教会に避難することになった原因であるアーノルドは、未だ伯爵家に留まっているらしい。

当初、アーノルドは出国の用意ができ次第屋敷を出るものとレティーシャ達は考えていたのだが、彼は「まだ傷が痛む」だの「身体の調子が悪い」だのと理由をつけては、逗留を引き延ばしているようだ。

本当に外国へ逃れる気があるのだろうかと、レティーシャは疑問に感じる。それくらい、話に聞くアーノルドの態度は煮え切らないものだった。

帰還の夜にアーノルドの湯浴みを手伝ったケイデンスは、「旦那様のお身体に療養が必要なほどの傷は見当たりませんでした」と言っていた。おそらく、アーノルドは仮病を使っているのだろう。

そういった理由でアーノルドの滞在が長引いているため、使用人達に隠しきるのにも限界があり、彼のことは「シーザーと同じくアーノルドの元部下で、他に頼る当てもなく、傷が癒えるまでは伯爵家で世話することになった」と説明しているらしい。アーノルドの顔を知っている者達の前には極力姿を現さないようにし、どうにか正体を隠しているのだとか。

ちなみにアーノルドはケイデンスに説得され、レティーシャの不貞の件は両親に話していないらしい。ヴェロニカには知られているかもしれないが、彼女はアーノルドと部屋に籠もっていることが多く、ケイデンス曰く「今のところは」大人しく過ごしているようだ。

そのためアーノルドとレティーシャの間にあった悶着を知らない義両親には、「急遽、教会の手伝いをしたいと思い立った」と少々苦しい言い訳をケイデンス経由でしている。

ただアーノルドの様子から、夫婦間で何かあったのではないかと薄々察しているふうだと、ケイデンスが教えてくれた。

そしてエミールはというと、以前からそう顔を合わせる機会がなかった父親との再会を喜ぶでもなく、むしろ困惑した様子でいたらしい。実の両親の傍にいるよりレティーシャと会っている時の方がうんと楽しそうだとは、エミールに付き添って教会を訪れるケイデンスの言である。

実際、聖ロザリンド教会に来た時のエミールはいつもにこにこと上機嫌で、レティーシャや教会の孤児達の後ろをついて回り、仕事を手伝ってくれる。幼いながらに一生懸命働くエミールの姿は、負傷者達の心の癒やしとなっていた。

レティーシャの実家である子爵家からの援助も滞りなく、今のところブラウン伯爵家の暮らしにも問題はない。ただ、屋敷ではいつまでも出ていこうとしないアーノルドにチャールズが苛立ち、ピリピリとした空気になっているという。

アーノルドはいったい何を考えているのだろう。もしや外国へ逃れるというのは方便で、これから先も屋敷に居座り続ける気でいるのだろうか。

アーノルドの腹積もりがわからず、胸が塞ぐ。

彼の存在が露見し、その罪が伯爵家や幼いエミール、そして共犯者であるシーザーにまで及んでしまったらという不安が、心から消えてくれなかった。


レティーシャの懸念は的中し、アーノルドはその後も長らく伯爵家を出ようとはしなかった。

シーザーが王都を発ち、アーノルドが帰還してから、もう三か月も過ぎている。

季節は秋と冬を越え、今は春の気配が間近に迫っていた。だというのに未だアーノルドは屋敷に留まり続け、隣国との戦も決着がつかず、両軍は一進一退の攻防を続けている。

そんな中、レティーシャは今日も教会で忙しく立ち回っていた。

以前は人手も物資も足りていなかったが、伯爵夫人であるレティーシャが質素なドレスを纏い、傷ついた人々に寄り添う姿が評判を呼んで、ならば自分もと、手伝いを申し出てくれる人が日に日に増えていった。

資金や物資の援助を申し出てくれる者もおり、このごろは聖ロザリンド教会だけでなく病院や他の教会にも薬や食料、そして人手が行き渡るようになっていた。

またレティーシャ自身も、ケイデンスに頼んで屋敷に残してきた宝飾品や高値のつきそうなドレスを売り払い、食料や薬に替えた。

身を着飾るものは、今の自分には不要である。ちょうど良い機会だからと、思いきってアーノルドから贈られたものも手放した。

そうすることで、レティーシャは自らの罪を償おうとしたのかもしれない。

伯爵夫人という立場にありながら、夫以外の男性と心も身体も通じた罪。

自分の身を守るために部下達を見殺しにした夫――その過ちを隠すのに加担した罪を。

戦争で傷ついた人々のために尽くす日々は、レティーシャにとって贖罪の日々でもあったのだ。

そしてレティーシャはこの日、負傷者の病室として使われている教会の大部屋で、簡素なベッドに寝かされた怪我人と向かい合っていた。

「はい、それじゃあ包帯を替えますね」

その怪我人は一般兵として従軍した十七歳の青年で、右足の骨を折り、左腕に深い切り傷を負っていた。戦場で薬が足りず、応急処置がままならなかったせいで腕の傷口は酷く膿み、爛れていた。

普通の娘なら目を背けそうな有様だったが、レティーシャは膿が滲んで汚れた包帯に嫌な顔一つせず、なるべく痛みを与えないよう、そっと包帯を解いていく。露わになった傷口は丁寧に拭き清め、薬を塗った。

手当てを受ける青年は、痛みに顔を顰めながらもレティーシャの顔をじっと見つめている。淡い金色の髪を一つに結い纏めた彼女の姿は痩せていて、化粧っ気もない。にもかかわらず、青年の瞳には深い憧憬と崇拝の情が籠もり、きらきらと輝いていた。

「……はい、できました。『治れ、治れ、トカゲの尻尾。もし今日治らないなら明日治れ』あなたの怪我が、一日も早く癒えますように」

レティーシャは包帯を巻き終えると、祈りを込めておまじないを唱える。

彼女はいつも、負傷者の世話を終えた際にこのおまじないを口にしていた。

それを真似して、今では他の世話人達もおまじないを唱えるようになったのだが、レティーシャに直接おまじないをしてもらった者は治りが早くなるとまことしやかに囁かれていた。この青年も、あとで他の患者達に羨ましがられることだろう。

「ありがとうございます、レティーシャ様」

「どういたしまして。ゆっくり身体を休めてくださいね。食事は、足りていますか？」

「はい。おかげさまで、腹いっぱい食べています」

「それはよかった。では……」

レティーシャが次の患者のもとへ移るべく、汚れた包帯を抱えて立ち上がると、廊下をばたばたと駆ける騒がしい足音が近づいてきた。その音はこの部屋の前で止まり、バン！と大きな音を立てて勢い良く扉が開く。

何事かと振り返れば、そこには息を切らしてドアノブに手をかける少年の姿があった。

「た、大変だ！　大変だよレティーシャ様！」

「どうしたの、アラン。そんなに慌てて」

この少年は聖ロザリンド教会で暮らしている孤児、先月十四歳になったばかりのアランだ。彼は十五歳になったトム、十歳になったアリスと共に、レティーシャの手伝いをしてくれている。

この時間は確か、彼も患者の世話をして回っていたはずなのだが……。

「い、今、追加の薬を届けに来てくれた騎士団の人達が教えてくれたんだけど、戦争が、戦争が終わったんだって！」

「えっ……」

アランの言葉に、レティーシャは息を呑む。

（戦争が……終わった……？）

「ほ、本当なの？　アラン」

「うん！　北の国境砦から、伝令が届いたんだって。騎士団の部隊が相手の王様を捕まえて、ローレンス王国軍が降伏したんだってさ！　やっと戦争が終わったんだよ、レティーシャ様！」

撤退ではなく、降伏。休戦ではなく、終戦。長い時を経て、ついに決着の時を迎えたのだと、アランは興奮した様子で語った。

「俺達の国が勝ったのか……！」

「ああ、やっと……！」

「ようやく終わった、終わったんだ！」

驚きと共に少年の言葉を受け止めるレティーシャの周りで、話を聞いていた患者達が喜びの声を上げる。中には涙を浮かべている者もいた。

アランはそんな人々の姿を満足げに見やり、「他の連中にも教えてこなくっちゃ！」と駆け出していく。あの調子で、あちこちに戦勝の報を伝えにいくのだろう。

（ああ、ついに終わったのね……）

レティーシャの心に、じわじわと喜びが込み上げてくる。

あまりにも長く、辛い日々だった。不毛な戦争は、国民から多くのものを奪っていった。

それがようやく、終わりを迎えたのだ。

（シーザー……）

彼は、無事でいるだろうか。

（戦争は終わった。あとは、あなたさえ生きて帰ってきてくれれば……）

レティーシャは胸の前でぎゅっと手を組み、彼の無事を祈った。

その後、騎士団本部、そして国からも正式に終戦の報がもたらされ、王都は歓喜に沸いた。公式発表によると、第三師団の生き残りである騎士の一部隊がローレンス王国軍の本陣に奇襲をしかけ、自ら兵を率いていたローレンス王国の老王を捕らえたのだという。

ローレンス王国側も、長きにわたる戦争に疲弊しきっていた。主戦派は老王とその取り巻きの貴族達だけで、首都に残っていた王太子は父王が捕らわれたと知るや否や、これ幸いと降伏を受け入れたらしい。

一度奇襲を受けて壊滅状態に陥った第三師団が、奇襲でもって相手の王を捕らえ、戦争を終結に導いた。国民には未だその部隊を率いていた騎士の名前も、奇襲に至る事の詳細も明らかにされてはいないが、人々は名も知らぬその騎士を英雄だと称賛した。

王都が、いや、国中がすっかり戦勝ムードに包まれる中、レティーシャはそれまでと変わらず忙しい日々を送っていた。戦争は終わったが、だからといって怪我人がみな回復するわけではないのだ。やるべきことはまだたくさんある。

一日の多くを教会の手伝いに費やし、時折ケイデンスと共に訪れるエミールと団欒の時を過ごす。

そうして終戦前と変わらぬ日常を送るうち、五日、十日と時が流れ、最初の報を聞いてから二週間が経っていた。

その間、シーザーからはなんの便りもない。

終戦後の対応に追われ、忙しい日々を送っているのだろうか。それとも、連絡も寄越せないほどの大怪我を負っているのだろうか。あるいは……

「……っ」

昼食の介添えを終え、自身も厨房で簡単に食事を済ませたあと、自身の滞在する部屋へと戻る途中だったレティーシャは、ふいに嫌な想像が頭を過り、その足を止めた。

彼女はこれまで何度も、王都の騎士団本部を訪ね、シーザーの無事を確認しようとした。でも、もしそこで戦死の報を聞かされたらと思うと怖くて、入り口の前で足が竦んでしまい、結局彼の安否を確かめることができなかった。

（シーザー……）

彼女は不安に駆られた時いつもそうしていたように、左手の薬指に触れる。水仕事で荒れ、貴婦人の手にはとうてい見えないその指には、もう指輪の痕は残っていない。

『帰ってきたら、今度は俺があなたを縛る指輪をここに贈ります』

レティーシャは、そう言って薬指に口付けてくれたシーザーの温もりを思い出し、必死に自分を奮い立たせる。

まだ、彼が死んだと決まったわけではない。

シーザーはきっと帰ってきてくれる。

（そうよ。いつまでも不安がってくよくよしていたら、シーザーに笑われてしまうわ）

戦いを終えて戻ってきた彼に誇れる自分でありたい。

レティーシャは心の中でひとりごち、再び部屋に向かって歩き出す。

彼女の滞在している部屋は、偶然にも六年前、シーザーが運び込まれた小さな客室であった。

ここで三十分ほど休んだら、午後からまた教会の仕事を手伝う。患者達の包帯を替えて回り、洗濯物を取り込んで、庭の掃除をして、夕食を作って……と、ベッドに腰かけて午後の予定をあれこれ思い浮かべていると、ノックもなしに突然、勢い良く扉が開かれる。

（えっ）

この教会で、レティーシャにそんな無礼な真似をする人間はいない。驚いたレティーシャは、扉を開けた人物を見てさらに目を瞠った。

（嘘……）

「久しぶりだな、レティーシャ」

「ふふっ、前よりも貧相なお姿ですわねぇ、奥様。とても伯爵夫人には見えないわ」

無遠慮に扉を開け、現れたのはアーノルドとヴェロニカだった。アーノルドは顔を隠すためか、外套のフードを目深に被っている。

そしてヴェロニカはというと、相も変わらず派手な色彩のドレスを身につけていた。

レティーシャはベッドから腰を上げ、警戒心を露わに二人を見据える。

アーノルドは世間に存在を知られてはいけない身のはずだ。にもかかわらず、知り合いと遭遇するかもしれない王都の街中へやってくるなんて、いったい何を考えているのだろう。

にやにやと下卑た笑みを浮かべてレティーシャを見る二人。どう見ても自分に対して好意的とは言えない雰囲気の彼らを前に、レティーシャは嫌な予感を覚えた。

「どうして、ここに……」

「ふんっ。俺を裏切ったお前に、贖罪の機会を与えてやろうと思ってな」

「贖罪……？」

まさか、また自分を痛めつけにきたとでも言うのだろうか。

頭の中に疑問符を浮かべるレティーシャの前で、ヴェロニカがアーノルドの肩にしなだれかかり、口を開いた。

「うふふっ。あたしとアーノルド様は、近々隣国へ渡ることにしたの。もういい加減、大旦那様も口うるさくって鬱陶しかったし。ね？　アーノルド様」

「ああ。使用人達にも怪しまれてきたしな」

「二人で……って。ヴェロニカ、エミールはどうするつもりなの？」

まさか、まだ幼い我が子を置いていくつもりなのかと、レティーシャは咎める。

だがヴェロニカは面白くなさそうに「フンッ」と鼻を鳴らして、

「実の母親であるあたしより、あんたなんかに懐くような可愛くない子ども、いらないわよ。アーノルド様も邪魔になるから置いていけって。それに、伯爵家には跡継ぎが必要だものね。せいぜい感謝してほしいものだわ」

と言い散らした。

「なんてこと……」

確かに、跡継ぎであるエミールを連れていかれては困るし、この二人にまともな教育ができるとも思えない。

しかしだからといって、実の親が子どもを「自分に懐かないから」「邪魔だから」なんて理由で捨てていくなんて、あまりにも酷い話ではないか。

そう非難するレティーシャを、ヴェロニカは「相変わらず、奥様はいい子ちゃんねぇ」と嗤った。

「エミールのことはもういいの。あたしとアーノルド様は、隣国で面白おかしく暮らすんだから。子どもなんて、またいくらでも作れるわ。でもね、そのためにはほら、お金が必要でしょう？」

それもたぁっくさん、と言って、ヴェロニカは赤い唇を歪める。

「あたしね、とってもいいことを思いついたの。ねえ奥様、あなた、『男なんて知りませづかなかったわ」

〜ん』なんて顔をして、実は情夫と遊んでたそうじゃない。すごいわねぇ、あたし全然気

「っ……」

「夫の留守中に情夫を連れ込むなんて、酷いわぁ。醜聞になっちゃう。ふふっ、アーノルド様に殺されたって文句は言えないんじゃない？」

「…………っ」

ではこの二人は、今度こそ自分を殺すために来たのか。

レティーシャはアーノルドの手で首を絞められた恐怖を思い出し、怯えの色が滲む瞳で、それでも彼らをキッと睨みつける。自分達の所業を棚に上げ、一方的に嘲笑してくるヴェロニカ達に負けたくないと思ったのだ。

「でもぉ、ただ殺しちゃうのはもったいないじゃない？　ふふっ、そこで、奥様にはあたし達の資金源になってもらおうと思うの」

「資金源……ですって？」

「ああ、そうだ。色街でお前の買い手が見つかった。なかなかの値がついたぞ。お前はこれから先、娼館で男達に奉仕して生きていくんだ。ははっ！　不貞を犯した女には似合いの末路だろう！」

「そ、そんな、そんなことできるはずがないわ」

「フン、父上や母上、そしてお前の実家には、レティーシャは不幸にも事故に遭って死ん

だとでも話すさ。似た背恰好の死体も見つけてある。ああそうだ、遺言書も書いてもらおうか。自分の死後もブラウン伯爵家に援助を続けるよう記してもらわないと、両親が困るからな」

「ふふっ、アーノルド様ったらご両親思いなのね。素敵だわ」

(何を……何を言っているの、この人達……)

二人に対する嫌悪感で、吐き気が込み上げてくる。

事故死に見せかけて人を娼館に売るとか、どうして笑いながらこんな話ができるのだろう。

なんて自分勝手で、おぞましい……

恐怖よりも嫌悪、そして怒りの感情が勝り、レティーシャは目に涙を滲ませながら叫んだ。

「そんな遺言書、私は書かないわ！　今すぐここから出ていって！　あなた達の遊ぶお金のために身売りなんて、絶対にごめんよ！」

確かに自分はアーノルドを裏切ったかもしれない。

でもそれは、彼だって同じではないか。一方的に責め立てられ、償いとして身売りしろだなんて勝手な主張、受け入れられるはずがない。

「なんだと……っ、このっ！　売女のくせに俺に逆らうのか！」

いつかと同じく目を吊り上げたアーノルドが、荒々しく床を踏みしだいてレティーシャに迫る。

「……っ」

その拳が振り上げられた瞬間、レティーシャはぎゅっと目を瞑り、身を固くした。

(たとえどんなに殴られても、また首を絞められても、けっして従ったりしない)

そう固く心に誓って、衝撃を待つ。

しかし、アーノルドの拳がレティーシャに届くことはなかった。寸前、誰かが部屋に駆け込んできたような足音が聞こえたかと思うと、「ぎゃっ!」と短い悲鳴が響き、ガタタッと何かが倒れる音がしたのだ。

(えっ……)

レティーシャが目を開くと、そこには頬を押さえて床に転がるアーノルドと、怒りの形相で拳を握り、彼を睥睨《へいげい》する男――

(シー……ザー……?)

レティーシャがずっと帰りを待ち続けた最愛の人、シーザーの姿があった。

間際に聞こえた足音の主は、彼だったのか。状況を見るに、アーノルドがレティーシャを殴るより早く、この部屋に駆けつけたシーザーが彼を殴り飛ばしたのだろう。

けれど、どうして彼がここに?　いつ、王都に戻っていたの?

レティーシャの頭に、次から次へと疑問が湧いてくる。

思いがけない事態の連続に、理解が追いつかない。

だって、ずっと帰りを待ち続けていたシーザーとこんな形で再会を果たすなど、いったい誰が予想できただろう。

「シーザー……」

「レティーシャ……！」

レティーシャの呟きに反応し、シーザーが足早に駆け寄ってくる。

そしてぎゅっと、彼女を抱き締めた。

「遅くなってすみません。……怪我は？」

彼はわずかに身を離すと、レティーシャの頬に手を当て、「あいつらに何かされませんでしたか？」と問う。

レティーシャは首を横に振り、「何かされる前にあなたが助けてくれたから、大丈夫」と答えた。

「それより、どうしてあなたがここに？」

「ああ、この二人がよからぬことを企ててレティーシャのいる教会に向かっていると、ケイデンス殿が知らせてくれたんです。……間に合って本当によかった」

はあ……っと深く息を吐いて、シーザーが言う。そして彼は腰に佩《は》いた剣を抜き、今まさにこの部屋から逃げ出そうとしていたヴェロニカに切っ先を向けた。

「それ以上動いたら容赦なく切り捨てるぞ」

「ひっ」

彼の気迫に、これはただの脅しではなく本気だと察したのか、ヴェロニカは素直に動きを止める。

シーザーは、ヴェロニカと未だ床から立ち上がれないでいるアーノルドの視線から庇うようにレティーシャの腰を抱き寄せてから、改めて彼女に事のあらましを語った。

彼は数日前、北の国境から王都に帰還したのだという。すぐにブラウン伯爵家を訪ね、そこでケイデンスから自分が屋敷を出たあとのいきさつを聞いた彼は、これ以上レティーシャにアーノルドの害が及ばないよう、アーノルドの件に始末をつけるため、騎士団本部に戻った。

なんとシーザーは、騎士団の上役達にアーノルドが戦闘中に逃亡を図ったこと、名誉の戦死を偽装して彼を逃がしたことを、洗いざらい告白したらしい。

「もっとも、副師団長——そこの男の代わりに現師団長を務めているカーティス卿は、薄々気づいていたようでした」

「そんな……。でも、そうしたらあなたまで罪に問われるのではないの？」

「大丈夫ですよ。さすがにお叱りは受けましたが、俺が今回の件で罰せられることはないそうです。戦死した英雄として褒賞まで与えた男が、実は戦闘を放棄し、逃亡して生き延びていたなんてことを公表しては、せっかくの戦勝に水を差してしまう。そう考えた上層部は、今回の件を内密に処理することにしました」

だからシーザーが共犯の罪に問われることもないし、ブラウン伯爵家やレティーシャに累が及ぶこともないと、彼は言う。

「ほ、本当に……？」

「ええ。その旨は国王陛下にも誓約をいただきましたから、安心してください」

そう言って、シーザーは騎士団の制服の懐から一枚の書状を取り出した。四つ折りにされた羊皮紙には、確かに彼の言葉通りのことが記されており、国王の署名もある。

（こ、国王陛下が……？）

レティーシャは信じられない気持ちで、手渡された誓約書を見つめる。

それは呆然と話を聞いていたアーノルドも同じだったようで、彼はよろよろと立ち上がりながら「そっ、そんな馬鹿なことがあるか！　どうせ偽物だろう！　お前なんかが陛下から直々に書状を賜れるわけがない！」と声を荒らげた。

「いいえ、シーザーは十分にその資格を有していますよ」

するとアーノルドの言葉に反論するように、突然第三者の声が響き渡る。

開かれたままの扉の陰から姿を現した声の主は、シーザーと同じ騎士団の制服に身を包んだ銀髪の青年だった。年のころはアーノルドと同じ、二十代後半から三十代前半といったところだろうか。

「カッ、カーティス……!?」

アーノルドがぎょっとした表情で青年の名を呼ぶ。ということは、彼が先ほどシーザーの話に出た第三師団の副師団長、いや、現師団長のカーティス卿なのか。

「お久しぶりですね、アーノルド卿。まったく、シーザーとの約定通り、とっとと国外へ逃げていればよかったものを……。生家に寄生し、あまつさえ奥方を娼館へ売り払おうなどと、ずいぶんと落ちぶれたものです。恥を知りなさい、恥を」

「ぐっ……」

カーティスは淡々とした声音で、容赦なくアーノルドを責め立てる。

「騎士としてのあなたはそこまで出来の悪い人間ではなかったのに、残念です。……ああそうそう、国王陛下の誓約の件でしたね。何せシーザーは、戦争を終結に導いた英雄ですから。陛下から直々にお言葉を賜り、便宜を図っていただくことも可能な立場なのですよ」

「なっ……！」

「しゅ、終戦の英雄ですって!?」

「うそ……っ」

アーノルド、ヴェロニカ、レティーシャが揃って驚きの声を上げる。

王都で今最も話題の英雄――奇襲部隊を率いて敵国の王を捕らえた騎士がシーザーなのだと、カーティスは言う。

それほどの戦果を挙げたからこそ、彼がアーノルドの逃亡に手を貸した罪も不問にされ、国王から直接誓約書を頂戴することができたのだと。

アーノルドの件を内密に処理し、ブラウン伯爵家の面々には罪を問わないという沙汰も、終戦の英雄であるシーザーがそう願い出てくれたからだった。でなければ、きっとブラウン伯爵家は取り潰され、レティーシャを含めた家族は『部下達を見殺しにし、戦いから逃げた卑怯者の一族』として非難の的になっていただろう。

「ば……馬鹿な……っ、俺より階級も身分も下のシーザーが、この国の英雄だと……？」

信じられない、いや、信じたくないとばかりにぶつぶつと呟くアーノルドに、カーティスが容赦なく追い打ちをかける。

「ええ。そしてあなたは犯罪者ですよ、アーノルド卿。いいえ、アーノルド」

「……っ」

「終戦の英雄を輩出した第三師団の前師団長が、戦闘中に指揮を放棄し、身代わりの死体を立ててまで戦場から逃げ出していたなど、公にはできません。ですが、相応の罰は受けていただきますよ。アーノルド・ブラウン伯爵は敵軍と勇猛に戦い、戦死されたのです。実は生きていたなどあってはならないこと。故にあなたには、ブラウン伯爵家とはなんの関わりもない平民の犯罪者として、鉱山に行っていただきます」

「なっ、なんだと……っ」

怒りにわななくアーノルドに冷たい一瞥をくれ、カーティスはきっぱりと言い放った。

「そこで死ぬまで泥にまみれ、無惨に散っていった同胞達に償え」

それまで感情を出さずにアーノルドと対峙していたカーティスの声と表情に、初めて怒りの色が滲む。かつてアーノルドの下で共に戦った彼だからこそ、失望も憤りも深いのだ

しい。

だが、素直に自分の罰を受け入れる殊勝さを、アーノルドは持ち合わせていなかったらしい。

「ふざっ、ふざけるなあああっ！」

アーノルドは癇癪を起こした子どものように喚き立てると、カーティスに殴りかかった。

しかしアーノルドの拳が肉迫するより早く、それまで黙って二人のやりとりを見ていたシーザーが剣を振るう。

彼の刃はアーノルドの首の皮一枚を切り、ぴたりと止まった。切り口からは赤い血がたらりと零れる。

「っ……」

「これ以上抵抗するようなら、今ここでお前の首を刎ねる」

ただの脅しとは思えぬほどの気迫で、シーザーはアーノルドを睨みつけた。

アーノルドはすっかり血の気を失くし、その場に立ち尽くす。涙に滲んだ彼の瞳には、はっきりとした怯えの色があった。

「怖いか？」

「……っ、うっ……」

「だが、レティーシャはお前以上に怖かったし、痛い思いをした」

言うなり、彼は問答無用でアーノルドの頬——先ほど殴ったのとは反対の——頬に拳を打ち込んだ。

「ぎゃっ！」

潰れたカエルのような悲鳴を上げて、アーノルドが床に転がる。

「シ、シーザー……」

恐らく彼は、レティーシャがアーノルドから暴力を振るわれたことを聞いていたのだろう。先ほど首筋を切りつけたのも、もしかしたらレティーシャの首を絞めたことに対する報復だったのかもしれない。

シーザーは、両頬を赤く腫らしたアーノルドをねめつけ、言った。

「大人しく縄に打たれるなら、これくらいで勘弁してやる。だがいいか、よく聞け」

「ひっ……」

「二度と、その面を俺達に見せるな。万が一にも王都に再び足を踏み入れ、そして再びレティーシャに害をなそうとした時には……」

彼はアーノルドの胸倉を引き寄せ、低く唸るように告げる。

「俺がこの手でお前を殺す。必ずだ」

（シーザー……）

彼の姿は、まるで獲物を噛みちぎらんとする肉食獣のようだと、レティーシャは思った。

今にも人を殴り殺しそうな気迫を全身に漲らせるシーザーを、怖いと思わないと言ったら嘘になる。

けれど、その怒りは自分を想ってくれてのことであり、振るわれた拳も自分を守るためのものだったとわかっているから、レティーシャは目の前の光景から視線を背けることはなかった。

「おい、聞いているのか？」

「……っ、あ……ああっ……わかった！　わかったからっ……！」

シーザーに逆らう気概など、今のアーノルドにはかけらも残っていない。

それからすぐ、カーティスの合図で部屋に入ってきた騎士達がアーノルドとヴェロニカを捕縛した。

素直に従うアーノルドとは違い、ヴェロニカは「なんであたしまで捕まらなきゃいけないのよ！」と喚き立てる。

「あたしは何もしていないじゃない！」

「はっ、よく言えたものだな。調べはついているぞ？　恐喝、詐欺、窃盗……。ずいぶんと色々やらかしていたようじゃないか」

「うっ……」

(え……っ、ヴェロニカまでそんなことをしていたの……!?)

なんでも、しょっちゅう屋敷を抜け出して遊びに出ていたヴェロニカは、王都の街で度々トラブルを起こしていたらしい。

「それに、どうせアーノルドと一緒に国を出るつもりだったんだろう？　よかったな。これから先もずっとその男と一緒にいられるぞ」

つまりはヴェロニカもアーノルドと共に鉱山送りになる、ということなのだろう。

かくして二人は連行されていき、カーティスもシーザーに「あとは私に任せて、本部には明日にでも顔を出しなさい」とだけ告げると、その場を立ち去った。

「……あの、シーザー……」

部屋に二人きり残されたレティーシャは、おずおずとシーザーに話しかける。

「助けてくれて、本当にありがとう。あなたが来てくれなかったら、私、どうなっていたか……」

「レティーシャ……」

シーザーはゆっくりと歩み寄り、彼女の身体をそっと抱き寄せた。

「間に合ってよかった。本当はもっと早く、あの二人があなたに接触する前に捕まえるはずだったのに、遅くなってすみません」

「ううん、いいの……」

シーザーの腕に抱かれ、彼の存在を確かに感じる。

怒濤の展開が続き、喜びに浸る余裕もなかったけれど、ずっと帰りを待ち続けていた恋人との再会だ。

シーザーが無事に帰ってきてくれてよかったと、レティーシャは心の底から安堵する。

「とても怖かったけれど、あなたが助けにきてくれたもの」

それに彼は、ともすれば自分も罪に問われかねない状況の中で、レティーシャの身を守るために尽力してくれた。

「本当に……本当にありがとう、シーザー」

「レティーシャ……」

しかしシーザーは、まるで自分には感謝の言葉を受け取る資格はないとばかり、苦い表情で抱擁を解いた。

「俺はまだ、あなたに謝らなければならないことがあります」

「え……？」

「アーノルドが生きていることを黙っていて、すみませんでした。あなたが悲しむとわかっていたのに、俺は……っ」

「シーザー……」

「俺はあの時、アーノルドがいなくなればあなたが手に入ると思った。どうしてもあなたが欲しかった。だから……っ」

だからアーノルドの逃亡に手を貸したのだと、シーザーは告白する。レティーシャ達を犯罪者の家族にしたくないと思ったのも事実だが、協力することを決めたのにはそんな私欲も混じっていたのだと。

……彼は、自分の所業を恥じているのだろうか。

だとしたら、伝えたい。伝えなければ……

「いいえ、シーザー。それでも、私はあなたに感謝しているわ」

確かに、シーザーがついた嘘でレティーシャがどれだけ傷つき、涙を流したかわからない。

けれど、その先に今の自分達があるのだと思えば、悲しみに暮れていたあの日々も必要な時間だったのだと、レティーシャは思えるのだ。

(こんなにも激しく誰かを想う気持ちを知った今だからこそ、わかるの)

「あなたの行いは、私を愛のない結婚から救ってくれました」

「レティーシャ……」

「だからもう謝らないで。ありがとうと言わせて」

「……はい」

頷き、シーザーは再びレティーシャを抱き締めた。

「ありがとう、レティーシャ」

「シーザー……。でも、驚いたわ。まさかあなたが終戦の英雄だったなんて……」

「あなたを娶るために何としてもと奮戦していたら、いつの間にか手にしていた称号です。運も味方してくれた」

そう言って、シーザーはレティーシャの頬に手を添える。

レティーシャの大好きな、澄みきった蒼空のような瞳が、彼女を捉えて離さない。

「今回の褒賞として、俺は子爵位と領地を陛下より賜りました。約束通り、あなたを娶るに足る地位を得た。レティーシャ……」

彼は一歩後ろに下がると、レティーシャの前に片膝をつき、その手をとって懇願する。

「俺の聖女様、レティーシャ。どうか俺の妻になってください」

「シーザー……」

最愛の人から贈られた求婚の言葉に、レティーシャは胸を震わせる。

だって、この時をずっと待っていたのだ。

彼が帰ってきてくれる日を。自分を迎えに来てくれる日を。

ずっと、ずっと。彼が死んでしまうかもしれない、もう会えないかもしれないという不安に苛まれながら、時に心が挫けそうになりながら……

「俺の想いは、初めて出会ったあの時から変わらない。お願いです、レティーシャ。俺の求婚を受け入れて、俺の妻になると言ってください。もう二度と、あなたを傷つけさせたりはしない。必ず守り抜く、幸せにすると誓う」

「………………」

本当は、終戦の英雄となった彼に、自分のような女は相応しくないのかもしれないとレティーシャは思う。

今だって、ヴェロニカに貧相だと揶揄された姿――着古した灰色のドレスに化粧っ気のない顔、一つに纏めただけの髪という格好で、立派な騎士の隊服を身に纏うシーザーの前に立っているのが恥ずかしいくらいだ。

（その上初婚ではないし、公にできないものの、前の夫は犯罪者で……）

国一番の英雄となったシーザーなら、きっと他に条件の良い結婚相手を選ぶこともできるだろう。

（それでも……）

それでも彼は、自分を欲してくれた。

そして自分も、彼の傍に在ることを心から望んでいる。

（だから、私は……）

「シーザー……」

あなたの手をとっても、いいですか……？

「約束を、守ってくれてありがとう。そういえば、まだ言っていなかったわね。お帰りなさい。あなたが無事に帰ってきてくれて、本当に……本当に嬉しい」

「レティーシャ……」

「シーザー、いいえ、シーザー・グランヴィル様。私の気持ちも変わりません。あなたのことを、心よりお慕い申し上げております」

迷いや不安がないとは言えない。

けれど、最初から答えは決まっていた。

「どうか私を、あなたの妻にしてください」

「レティーシャ……っ！」

彼女がそう告げた瞬間、シーザーは勢い良く立ち上がり、レティーシャの身体をぎゅうっと抱き締める。

「きゃっ」

「ああ、やっと手に入れた。俺の聖女様」

今までで一番力強い抱擁に驚くレティーシャの頬に唇を寄せ、彼は感極まった声で囁く。

つい先ほど、肉食獣のような殺気を放っていたのが嘘のように、無邪気な笑みを浮かべる彼。そんなシーザーのことが、愛おしくてならない。

「シーザー……」

レティーシャは万感の思いで彼の名を呼び、広い背をそっと抱き締め返す。

そうして二人は初めて出会った思い出の場所で、この先もずっと共に生きていくことを誓い合ったのだった。

＊　＊　＊

やっとレティーシャが手に入った。

以前よりもいっそう痩せてしまったように見える華奢な体軀を抱き締めながら、シーザーは喜びを嚙み締める。

ここに至るまで、数年の月日がかかった。

シーザーは最初こそ彼女の幸せを願い、二人の幸せを見守るつもりでいたけれど、アーノルドの女癖の悪さやレティーシャを蔑《ないがし》ろにする様などを見て、考えを変えた。

こんな男は彼女に相応しくない、こいつさえいなければと何度思ったかしれない。

そしてあの日、アーノルドが戦闘中に逃亡を図った。好機だと思った。

死を偽装してまで逃がしたのは、レティーシャや彼女の家族が非難されることを恐れたのもあるが、ここで彼を本当に死なせてしまっては、レティーシャの心に美化されたアーノルドがずっと住み続けることになるのでは、と懸念したからだ。

それは絶対に許せない。

無駄に矜持だけは高いアーノルドはどうせ貴族としてしか生きられないから、しばらくすれば金が尽き、家に頼ることは目に見えていた。

やつの薄汚い本性を知れば、きっとレティーシャも目が覚めるだろう。

あとはその時までに、レティーシャの心を手に入れればいい。自分以上に彼女を愛している男はいない。あんな屑《くず》より、俺の方がレティーシャを幸せにできる。

また、アーノルドが戻ってくる前にヴェロニカが屋敷に押しかけてくるだろうことも、初めからわかっていた。いつだったかアーノルドが、もしもの時はそうするよう愛人に言っていると話していたのを聞いていたからだ。

夫の裏切りを知って、彼女は深く傷つくだろう。自分はそれを利用し、付け込もうと思った。

全てが思い通りに進み、心の底から欲した最愛の人は今、自分の腕の中にいる。
（ああ、ごめんよ、レティーシャ……）
自分の行いが善性からは程遠いことを、シーザーは自覚している。
こんな酷い男に捕まったレティーシャがかわいそうだとも思った。
（それでも……）
もう、手放してはやれない。
手放すものか。彼女は誰にも渡さない。
（俺の聖女様。あなたは永遠に、俺だけのものだ）
ほの暗い本心を押し隠し、背徳の騎士は艶やかに微笑んだ。

エピローグ

柔らかな陽の光が差し込むサロンに、子ども達の楽しげな笑い声が響く。

それを聞きながら、寝椅子にゆったりと腰かけるグランヴィル子爵夫人――レティーシャは編み物をしていた手を止め、そっと自分のお腹に手を添えた。

最近になってふくらみが目立ち始めたそこには、愛する夫との第三子が宿っている。

結婚後、レティーシャは長男アレックス、長女ヘレンを生んだ。アレックスは現在五歳、ヘレンは三歳。二人とも、今は十二歳になったブラウン伯爵家の継嗣エミールと共に、買ってもらったばかりの新しい玩具で遊んでいる。

(子どもの成長はあっという間ね……)

レティーシャは、アレックスとヘレン、そしてエミールの姿を見てしみじみと思った。

彼女の視線に気づいたのか、エミールがこちらを振り返り、にっこりと微笑む。

エミールは優しくて賢く、とても面倒見が良い。アレックスもヘレンも、エミールのことを実の兄のように慕っていた。

(本当に、自慢の息子だわ)

六年前――アーノルドがヴェロニカと共に連行されていったあと、伯爵家の先代夫妻は息子の所業をいたく恥じ入り、レティーシャに誠心誠意詫びてくれた。そして今度こそ幸せになってほしいと、シーザーとの結婚も祝福してくれた。

また、これ以上レティーシャやオルコット子爵家を頼るばかりではいけないと発起し、手持ちの財産を整理した。そののちはレティーシャの父に助言を仰ぎながら、領地の再開発に励んだ。

新たにグランヴィル子爵家の当主となったシーザーもエミールの後見役を買って出て、ブラウン伯爵家の再興に力を貸している。

その甲斐あってか、かつてはレティーシャの頭を悩ませていた伯爵家の財政状況も、今ではずいぶん安定していると聞く。

また、シーザーは結婚後もエミールの母代わりを務めたいというレティーシャの願いを快く聞き入れてくれたので、再婚して伯爵家を出たあとも、両家の親交は続いていた。だからレティーシャとシーザーにとっては、エミールも我が子同然の可愛い息子なのである。

（……っと、いけない）

編み物の途中だったこと思い出し、レティーシャは再び編み棒を動かす。

子ども達の様子を見ているとついつい手が止まってしまうが、できれば今日中にこの靴下を完成させたかった。

レティーシャは今、救貧院に寄付する子ども用の靴下を編んでいる。

結婚後も、彼女は慈善活動を続けていた。現在は身重であるため直接慰問に行く機会は減ったが、こうして手の空いた時間に衣類や小物を作り、届けることはできる。また夫の理解と協力もあり、教会や救貧院への寄付も行っている。

子ども達の様子を見守りつつ、せっせと手を動かしていると、サロンの扉がコンコンッとノックされ、夫が姿を現した。

「あっ、シーザー様！」

「おとうさまだ！」

「おとうしゃまっ！」

子ども達は我先にと、シーザーのもとに駆け寄った。

「エミール、アレックス、ヘレン。お母様の言うことを聞いて、ちゃんといい子にしていたか？」

シーザーは子ども達を順番に抱き上げ、その頭を撫でると、レティーシャのもとに歩み寄る。

「ただいま、レティーシャ」

「おかえりなさい、シーザー」

先年に騎士団を退団し、領主の仕事に専念しているシーザーは今日、領地の視察に行っていたのだった。

「思ったより帰ってくるのが早かったわね」

「それはもう。早く愛しい奥さんと可愛い子ども達に会いたかったので」

シーザーはくすっと笑い、愛妻の頬、そして唇に「ただいま」のキスをする。

そして彼女の隣に腰かけると、レティーシャのふくらんだお腹に手を当て、そこにいる第三子にも「ただいま」と声をかけた。

母親のお腹に話しかける父親を見て、子ども達もレティーシャの傍に集まり、口々にお腹の子とおしゃべりを始める。けれど長男のアレックスがすぐに飽きて、エミールとヘレンに「おそとであそぼう！」と言い出した。

「うん、いいよ」

「いいよ～っ」

サロンの掃き出し窓からは、直接庭に出られるようになっている。柔らかな緑の芝で覆われた庭は、子ども達にとって格好の遊び場だった。

アレックスが真っ先に飛び出して、そのあとをエミールとヘレンが追う。

しかし勢いが良すぎたのか、ヘレンが躓き、べしょっと転んでしまった。

「あら」

「おっと、これは派手にやったな」

「ふ、ふええっ～！」

レティーシャとシーザーが腰を上げたのと同時に、ようやく自分が転んだということを理解したヘレンが泣き始める。

しかし両親より早く少女の傍に駆け寄ったエミールが怪我の具合を確かめ、『治れ、治れ、トカゲの尻尾。もし今日治らないなら明日治れ』とおまじないを唱えると、あっという間に泣きやんでしまった。

「ほら、もう痛くないでしょう？」

「うん！　いちゃくない！」

ヘレンはにぱっと笑い、大好きなエミールに手を引かれて、アレックスの待つ庭へ駆け出していく。

「まあ、ふふっ」

いつかの光景を彷彿とさせるような微笑ましいやりとりを見て、レティーシャはくすくすと笑い声を上げた。

（あの時森で転んで泣いていたエミールが、今度は私の娘におまじないをかけて泣きやませてくれるようになるなんて。あのころの私は、想像もしなかったでしょうね）

傍らのシーザーも笑みを浮かべ、「さすが、レティーシャ直伝のおまじないはよく効くようだ」と笑った。もしかしたら彼も、七年前――エミールと三人で森へ出かけた日のことを思い浮かべたのかもしれない。

「……そうだ。今度、子ども達と一緒に森へ遊びに行こうか」

ふと思い立ったように、シーザーが呟く。

「バスケットにパンと……野菜の酢漬け。チーズ、焼き菓子。それからワインと、子ども達用に林檎の果汁を用意して。今はキノコの季節じゃないけど、野の花や木の実を探して回るんだ。どうかな？　レティーシャ」

「ええ、そうね。いいと思うわ」

子ども達もきっと喜ぶだろう。

レティーシャは庭で遊ぶ子ども達を見つめ、それから隣に立つシーザーに視線を移し、にっこりと微笑む。

「……ありがとう、シーザー」

「レティーシャ？」

「あなたと結婚できて、本当によかった」

レティーシャは、左手の薬指に輝く銀の指輪にそっと触れる。

シーザーと揃いの結婚指輪、二人の愛の証。レティーシャを縛る、幸福の鎖だ。

「私は幸せ者ね」

彼のように優しく、愛情深い人と結婚することができて。可愛い子ども達にも恵まれて。

これ以上の幸せがあるだろうかと思う。

そしてそれらは全て、目の前のこの人が自分に与えてくれたものなのだ。

「愛しているわ、シーザー」

これまで何度、この言葉を口にしてきただろう。

けれど何度口にしても足りないくらい、自分は彼を愛しているのだ。
「俺も愛しているよ、レティーシャ。俺の……俺だけの聖女様」
二人はどちらからともなく互いを抱き締め、口付けを交わす。
これから先、何年何十年と時が過ぎても、自分達の愛が色褪せることはないだろう。
そう信じられるほどの想いが、絆が、今の二人の間にはあった。
もしかしたらそれを、人は『永遠の愛』と呼ぶのかもしれない。
そしてシーザーとレティーシャの物語は、これからも続いていくのだ。
この先もずっと、二人の変わらぬ愛と共に。

あとがき

はじめましての方も、お久しぶりですの方もこんにちは。なかゆんきなこと申します。

この度は拙作《せっさく》をお手にとってくださって、本当にありがとうございます！

ソーニャ文庫様では二冊目となる本作では、未亡人のヒロインと、亡き夫の部下である騎士との、『不倫じゃないけど不倫っぽい雰囲気の背徳的な恋の物語』を書かせていただきました。

いつか未亡人ヒロインに挑戦してみたいと思っていたので、念願叶って嬉しいです。また本作には、『薄幸・不遇属性のヒロイン』とか、『ヒロインのことが好きで好きでたまらない騎士ヒーロー』など、自分の好きな要素を詰め込ませていただきました。あと、『伴侶に愛されなかった女性が、自分を本当に想ってくれている別の男性と出会い、幸せになる』というストーリーも大好物です。

元々この物語を考えたのも、大昔に某ドラマで『夫が浮気していることを知って嘆き悲しむ女性と、その女性を陰ながら切なげに見つめる男性（はっきりと描かれてはいなかったけれど、女性に気がある）』のシーンを見て、「いやいやそこは君が幸せにしてあげなさいよ！　奪いなさいよ！　奥さんも、そんな旦那よりこっちの男の人と結ばれた方が絶対に幸せになれるよ！」と思ったことがきっかけでした。

シーザーは、レティーシャを好きすぎるあまりに若干病的な執着を見せていたり、腹黒く計算高い一面もありますが、作者的には「ソーニャ文庫様らしい歪んだ愛を描けた……かな？」と思っております。

そして本編でもちらっと触れたように、シーザーは決して善人ではありませんが、レティーシャを大切に思っていることは事実なので、きっとこれからもレティーシャを幸せにしてくれるでしょう。

そんな二人の物語、少しでも気に入っていただけたなら嬉しいです。

続いて、お世話になった方々にお礼を。

白崎小夜《しろさきさや》先生、とても素敵なイラストをつけてくださって、本当にありがとうございました！　担当さんからラフや完成版のイラストをいただく度、あまりの美麗さに興奮しまくっておりました。

特に表紙イラストは滴るような色気があって、うっとりするほど綺麗です。

読者の皆様にも、この素晴らしいイラストの数々をぜひ堪能していただきたい。そのためにはなんとしても締め切りまでに原稿を仕上げなければ！　という気持ちで、夏の暑い最中の作業を乗り切りました。（今年の夏も暑かったですね〜）

そして、担当編集のY様。本当にお世話になりました！

こうして無事この物語を書ききることができたのも、的確なご指摘や助言をくださったY様のおかげです。

再改稿作業の段階で終盤の展開をまるっと変えようと言われた時は正直どうなることかと思いましたが（笑）、最初に想定していた筋書きよりずっとドラマチックで深みのある物語になりました。ありがとうございます！

他にも、この本に関わってくださった全ての方々に感謝の気持ちでいっぱいです。ありがとうございました！


そして最後に、この本をお手にとってくださった皆様へ、最大の感謝を！

本当にありがとうございました！

またお目にかかれる日が来ることを、心より願っております。

なかゆんきなこ

Sonya
ソーニャ文庫

この本を読んでのご意見・ご感想をお待ちしております。

◈ あて先 ◈

〒101-0051
東京都千代田区神田神保町2-4-7 久月神田ビル
㈱イースト・プレス　ソーニャ文庫編集部
なかゆんきなこ先生／白崎小夜先生

背徳騎士《はいとくきし》の深愛《しんあい》

2019年10月7日　第1刷発行

著　　者　なかゆんきなこ
イラスト　白崎小夜《しろさきさや》
装　　丁　imagejack.inc
D T P　松井和彌
編集・発行人　安本千恵子
発 行 所　株式会社イースト・プレス
〒101－0051
東京都千代田区神田神保町2－4－7 久月神田ビル
TEL 03－5213－4700　　FAX 03－5213－4701
印 刷 所　中央精版印刷株式会社

ISBN 978-4-7816-9657-7
定価はカバーに表示してあります。

Sonya ソーニャ文庫の本

おれたちは死ぬまでずっと恋をするんだ。

今は亡き婚約者のフラムを想い続ける王女トリアは、彼の墓所から戻る途中、得体の知れない男たちに攫われ、樹海の古城に囚われてしまう。儀式と称し、黒ずくめの男に組み敷かれるトリア。身体をまさぐられ抵抗するが、その男が亡くなったはずのフラムだとわかり——!?

『不滅の純愛』 荷鴣

イラスト 涼河マコト

Sonya ソーニャ文庫の本

『鳥籠の狂詩曲』 唯純楽

イラスト 藤浪まり